하와이 펭귄

김혜주 소설집

다다다

차 례

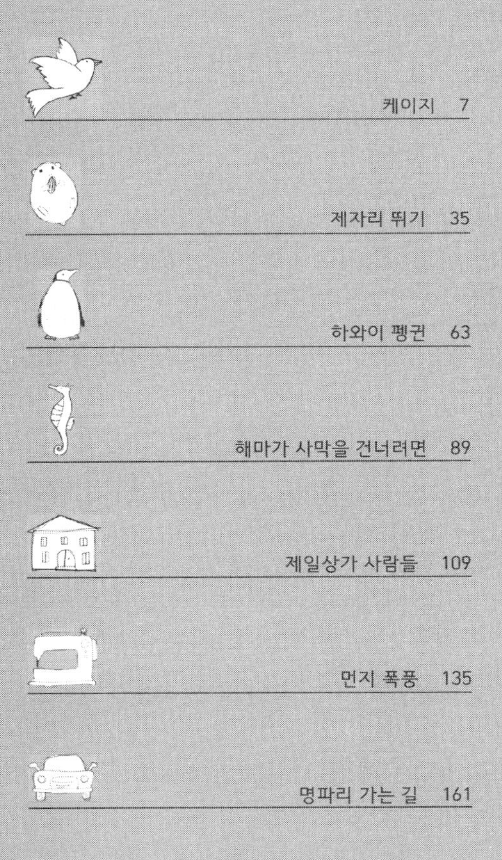

케이지

"앗살라말라이쿰"

녀석은 목구멍 깊숙이 찢어발길 듯 외친다. 뼛속까지도 새까말 것 같은 구관조의 날개가 케이지 안에서 우그러지고 찌그러진다. 주황색 부리로 허공을 쪼아대며 죽어라 질러대던 소리는 끝내 울음소리로 이어진다.

여자는 한 손에 가위를 쥔 채 녀석에게 가까이 다가간다. 은색 가위 날이 서늘하게 번득인다. 기름에 달군 프라이팬 위에 올라간 것처럼 녀석은 다급하게 뛰어다닌다. 여자는 모이를 쥐고 있던 손바닥을 펼치며 녀석을 살살 유인한다.

"이리 와."

횃대에 올라가 있던 녀석이 격렬하게 날개를 푸드덕

거리며 케이지에서 탈출한다. 뽑혀 나간 털이 철망에 거뭇거뭇 끼어있다. 녀석이 공중으로 힘껏 날아올랐지만 벽에 부딪히며 바닥으로 곤두박질친다. 여자는 재빠르게 몸을 날려 녀석의 목덜미를 사정없이 움켜잡는다.

"도망쳐, 도망쳐."

녀석은 감쪽같이 얀의 목소리를 흉내 내며 말한다. 여자는 녀석의 머리에 작은 보자기를 씌운 뒤, 날 선 가위의 아가리를 벌린다. 녀석은 여자의 손등을 샛노란 발톱으로 할퀴며 끝까지 뒤엉킨다. 여자는 능수능란하게 겨드랑이 사이로 녀석을 밀어 넣고 꼼짝 못 하게 제압한 뒤, 부채를 펴듯이 검은 날개를 활짝 펼친다. 가위날이 녀석의 날개를 베어 문다. 한두 번 당하는 일이 아닌데도 녀석은 여자에게 매달린 채 두 발을 버둥거린다. 여자는 대여섯 장의 비행 깃털을 순서대로 싹둑싹둑 자른다. 번쩍이던 검자줏빛 깃털이 잘려 나가자 녀석은 더 이상 저항하지 않는다. 한참 만에 여자의 손아귀에서 풀려난 녀석은 반 토막이 난 날개를 웅크린 채 의자 밑으로 기어들어가 묽은 똥을 질금 흘린다.

"여긴 밀림이 아니라구."

여자는 쐐기를 박듯 목소리를 낮춰 단호하게 말한다. 녀석은 주둥이를 꽉 깨문 채로 까만 눈알만 이리저리 굴리고 있다.

오전 열 시, 여자는 도로 쪽으로 나 있는 창문을 열어

젖힌다. 굵은 빗줄기가 요란한 소리를 내며 쏟아진다. 멀리 비에 젖어 우중충해 보이는 공단 건물들을 하염없이 내다본다. 계획된 설계에 맞춰 개발된 도시라 외곽 도로를 따라 커다란 박스 모양으로 구획이 지어졌고, 그 안에 수많은 건물이 빼곡하게 들어서 있다. 요즘 들어 여자는 자주 모퉁이에 몰리거나 출구 없는 사각의 링 안에 갇혔다는 생각을 자주 한다. 건물마다 불쑥 솟아오른 굴뚝에는 한 다발의 화약을 삼킨 것처럼 희고 누런 매연이 뭉컹뭉컹 흘러나와 A공단을 에워싸며 곧 터져 버릴 듯이 팽팽하게 부풀어 오른다.

우기에 접어든 열대 숲처럼 덥고 습한 공기가 가게 안으로 몰려 들어온다. 큼지막한 W모텔의 간판이 비에 젖어 번들거리고 그 옆으로 보이는 인력사무실에 환하게 불이 켜져 있다. 여자가 박의 제안을 무시하기에는 무엇보다도 사정이 급했다. 말이 인력사무실 부장이었지 실제로는 A공단 주변을 쥐락펴락하는 흑룡강파의 중간 두목이다. 사무실 문을 닫으면 박은 어김없이 탁자 위에 마작이나 카드를 펼쳤다. 그는 손가락이 잘린 손과 손목 없는 팔을 휘두르는 사람들 속에 앉아 배팅 손님들에게 높은 이자의 급전을 대주며 자리를 지켰다.

여자는 어젯밤 오만가지 걱정으로 잠들지 못하고 밤새 뒤척였다. 새벽녘 혼자 일어나 앉아서 며칠 전에 여자에게 선심 쓰듯 말하던 사무실 최의 제안을 떠올렸다.

“여기 드나드는 놈 중에 한 건만 해 봐.”

박은 흑룡강파의 조직원으로 충분하다고 여자를 추켜세웠다. 사무실 최의 능청스런 손이 여자의 양 가슴뼈를 긁더니 말랑한 가슴살을 한 줌씩 쥐었다 놓았다. 이죽거리는 박이 치가 떨릴 만큼 싫지만, 여자는 한 번도 그놈의 손아귀에서 벗어나지 못했다. 여자는 뻔뻔하고 적나라한 생이 더 낯설지도 불편하지도 않은 듯, 궁기와 외로움이 스며드는 A공단 골목에서 하루하루를 버텼다. 이제 여자는 쫓겨날 처지에 몰렸다. 벌써 세 번째, 이번이 마지막 통보였다. 건물주에게 위임을 받은 관리인은 약속한 날에 가게를 비우라고 독촉했다. 며칠 말미가 주어진들 해결되지 않는다는 걸 알지만 여자는 애걸복걸 매달렸다.

“밀린 월세 가져 와.”

관리인은 들은 체도 않고 느물거리는 눈빛으로 여자의 몸 구석구석을 훑어보았다.

A공단 주변에 단속이 뜬다는 소문이 떠돌았다. 사나흘 간격으로 두세 명씩 잡혀갔다는 얘기를 여자도 전해 들었다. 구청에서는 날마다 미등록 외국인을 집중 단속하는 바람에 그나마 찾아오던 단골들 발걸음도 뚝 끊어졌다. 공단들이 불황을 견디지 못해 하나씩 둘씩 멈추어 설 때부터 주변의 가게들도 속속 문을 닫는 곳이 늘

어났다. 여자의 가게도 가라앉는 A공단처럼 침몰하기 직전이었다. 손님들이 눈에 띄게 줄어들었고 급기야는 문을 열어도 허탕 치는 날이 많았다. 사무실 최에게 비싼 이자로 빌린 사채가 눈덩이처럼 불어났고 그것들은 서서히 여자의 목줄을 조여 왔다.

유흥업소가 빼곡히 늘어선 왕복 4차로 대로변의 번잡한 상가건물 2층이 여자가 그동안 운영했던 전화방이다. 여남은 개의 방문마다 일련번호가 붙어있지만 이젠 아무도 없다. 두 평이 채 못 될 것 같은 좁은 공간에 비치된 것이라곤 낡은 데스크톱 컴퓨터 본체와 헤드셋, 때 묻은 모니터가 보이고, 몸을 기댈 수 있는 긴 의자 옆에 선풍기, 물 먹는 하마, 구형 전화기, 두루마리 휴지와 휴지통이 어두컴컴하고 칙칙한 조명 아래 제멋대로 굴러다닌다.

먼지 쌓인 바닥에는 구관조의 검은 깃털이 흉측하게 흩어져 있다. 얇은 벽을 통해 전해지는 정체불명의 소음들과 녀석의 낮고도 기괴한 울음소리가 실내에 그득하게 차오른다. 여자가 주방으로 가려고 일어섰을 때다. 갑자기 녀석이 날개를 좌우로 펼친 채 카운터 위로 올라가 벽에다 머리를 마구 찧는다. “다다다다닥, 다다다 쿵” 가게 안을 뛰어다니며 미끄러지고 자빠지기까지 한다. 녀석은 이상한 행동을 멈추지 않는다. 새들은 미세한 소리로도 자신에게 닥친 위험을 알아차린다고 언젠가 얀이 말했다.

녀석을 처음 만난 날이었다. 계약을 앞두고 마지막으로 가게를 둘러보고 있을 때 주인이 구관조를 턱으로 가리켰다.

"저 녀석 저래 보여도 천 단어를 말하는 구관조래요. 아직 어리고 내가 잘 놀아주지 못해서 그 정도까지는 못해도 잘만 가르치면 곧잘 한다니까, 한번 시도해 봐요. 쟤 보러 놀러 오는 외국인노동자들도 늘어날 거예요."

가게를 어떻게든 넘기고 싶은가 보다, 하고 여자는 생각했다. 주인은 키가 크고 피부가 가무잡잡한 외국인들을 흘끗 건너다보고는 속삭이듯 말했다.

"쟤네들 동네에서 수입하는 종이라 지들끼리는 알아봐요. 인터넷 찾아보세요. 분양가가 이삼백 만원은 해요. 그리고……조심하고요. 저 녀석은 뭐든 흉내 내니까요."

여자는 녀석과 키 큰 방글라데시 청년을 번갈아 보며 말을 이었다.

"나니까 그 가격에 저 녀석까지 넘기게 하는 거야."

사무실 최도 느물거리며 거들었다. 그는 월 매출액이 얼마이며 가게 회전율이 평균 몇 프로인지를 이미 충분히 설명했는데, 마침 하나를 더 얹어주기라도 한다는 투로 열을 올렸다.

처음에는 구관조가 사람 말을 녹음기처럼 따라 해서 손님들의 관심을 끌긴 했다. 다른 손님들과는 다르게 얀은 가끔 전화방에 들러 돈을 치르고 방을 배정받아 들어갈 때 구관조를 데리고 들어가 논다거나 전화로 파트너 여성의 이야기를 오히려 들어주는 편이었다. 얀은 어눌한 한국말과 집게손 때문에 늘 외톨이였다. 주위에 아무도 없다는 것, 말을 건넬 수 있는 대상이 전혀 없다는 점이 얀을 힘들게 했다. 그런 밤이면 집에 들어가지 않고 전화방을 찾았다. 말을 건네줄 수 있는, 그와 이야기를 나눌 수 있는 누군가가 정말 필요해 보였다.

구관조를 다루는데 서툴기만 했던 여자와 다르게 얀은 녀석을 수월하게 다뤘다. 떠듬거리는 한국말이었지만, 녀석에게 인내심을 갖고 반복해서 훈련시키며 얀의 고향말도 가르쳤다. 얀과 녀석은 서로 대화를 통해 친구가 되었다. 어떤 날은 녀석을 보려고 얀은 전화방을 들락거렸다.

얀은 녀석에게 종종 먹이도 만들어주었다. 간편한 사료에 쌀 한 줌과 콩을 넣고 가루로 만들어 집게손으로 능숙하게 반죽을 했다. 검은 손등에 반죽이 달라붙어도 아랑곳없이 작게 뭉쳐서 녀석의 입에 넣어주었다. 여유 있는 날은 검자주색 깃털에 미지근하게 데운 물을 끼얹어 목욕도 시켰다. 집게손으로 깃털과 날개를 긁듯이 씻어주고 다리와 부리도 깨끗하게 닦았다. 뭉툭하게 잘린 날개 끝부분을 일일이 쓰다듬어 주는 얀의 손길에 구관조도 편안하게 몸을 맡겼다. 물에 젖은 깃털 사이로 연분홍 살이 발그레 드러난 녀석은 온몸을 흔들어서 젖은 몸을 털어대기도 했다. 구관조는 목욕이 끝나면 얀이 만들어 준 자연목 횃대 위에 올라가 높은 목소리로 손님들을 맞았다.

여자는 눅눅한 카펫 위에 발을 죄어 오던 구두를 벗어 놓고 무릎을 올린 채 소파에 쪼그리고 기댄다. 여자의 마음에 미세한 균열이 인다. 따뜻한 죽 한 그릇 들고 여자의 방을 노크하던 얀. 집게손으로 펄펄 끓던 여자의 이마를 짚어주던 느낌. 여자의 처지를 눈치 채고 아무것도 해 줄 수 없어서 미안하다고 말하던 얀이다.

뿌옇게 흐린 하나의 장면이 여러 개로 겹쳐진다. 구관조의 날개가 언뜻 얀의 검은 곱슬머리로 보이더니 어디선가 녀석이 나타나 얀을 호위하듯 앞장서서 날아간다. 순간 하늘을 다 덮어버릴 것처럼 활짝 펼친 녀석의 날개가 좌우 균형을 잃고 허우적댄다. 검푸르게 어두워가는 허공 속으로 수만 개의 검은 날개들이 꼬리에 꼬리를 물고 춤을 추며 끝없이 이어진다. 엄지와 검지만 남은 얀의 오른손이 하늘을 가리키며 중얼거린다. 얀의 집게손이 총부리처럼 느껴져 여자는 속으로 흠칫 놀란다. '누나, 바람이 불면 바람을 올라타고 날아오르면 돼. 그런 다음에는 몸을 낮추고 고개를 들어 먼 곳을 보는 거야. 바다를 건너고 산맥을 넘어서 숲에 닿을 때까지.' 얀은 몸을 납작 엎드린 채 멀리 구름 사이를 날고 있는 작은 새 무리를 바라본다. 불안과 공포를 잔뜩 머금은 얀의 눈망울이 여자의 동공에 와서 꽂힌다. 천정에 대형 선풍기 날개가 원을 그리며 돌고 있다. 단단하게 묶은 여자의 검은 머리카락이 바람에 흐트러진다. 여자는 주위를 둘러본다. 눈앞이 아뜩하다. 어디가 어딘지 분간이 안 된다. 온갖 낯익은 사물들이 한꺼번에 발밑으로 꺼져버리는 듯 무언가 단단한 것이 여자의 정수리를 치고 간다. 한 무리의 사람들이 얼음으로 뒤덮인 강을 달린다. 하얀 입김이 코끝에 닿았지만, 몸은 땀으로 젖었다. 뒤를 돌아본다. 사냥개들이 혀를 길게 빼문 채 쫓아오고 있다. 여자는 비명을 지른다. 소리는 이내 허공으로 흩어지고 아무것도 들리지 않는다. 문득 발아래를 내려다본다. 두고 온 고향이 펼쳐진다. 나지막한 산이 두 팔로 오롯이 감싸 안고 있는 스무 가구 남짓한 조용한 마을이다. 마을 안 좁고 깊고 기다란 고샅길이 희미하게 이어진다. 여자는 허공을 향해 손을 내젓다가 정신을 겨우 차린다. 가게 안을 휘휘 둘러보던 여자의 얼굴에 결연함이 묻어난다. 전화로 손님들을 상대하는 도우미 알바로 다시 돌아가야 한다는 것을, 이 바닥 생리를 누구보다도 여자는 잘 알고 있다.

여자의 긴 한숨소리가 전화방에 내려앉는다. 연변에

사는 노모의 연락을 받고서도 한 달째 답을 못하고 있다. 창으로 물기를 머금은 매캐한 공기가 콧속으로 빨려 들어온다. 온몸에 맥이 빠지는 듯 여자는 천천히 눈을 감는다. 눈을 감기가 무섭게 여자의 머릿속으로 그림자 같은 검은 형체들이 무리지어 뛰어간다. 불규칙하지만 다급한 발소리들이 연이어 들린다. 어둠 속에 수십 명의 사람들로 이루어진 흐릿하고 긴 행렬이다. 깡마르게 야윈 여자의 얼굴만 선명하게 보인다. 여자는 낯선 사람을 들여다보듯 자신의 모습을 가만히 바라본다. 그중에는 키가 큰 얀의 모습이 일행 중에 언뜻 스쳐지나는 듯하다. 하지만 분명하지는 않다. 바람을 타고 빛이 시시각각 변한다. 그들은 마땅히 그래야 하는 것처럼 녀석이 펼쳐 놓은 날개의 안온함 속으로 몰려든다. 여자는 행렬에 귀를 곤두세우고 있는 동안 발소리뿐 아니라 그들 사이에서 새어 나오는 고통스러워 앓는 소리도 듣는다. 어디로 가고 있고 왜 가는 것인지 알 수 없다. 어느 버려진 황무지거나 매연으로 가득 차서 인간이 살 수 없는 땅 어디쯤을 터벅터벅 걸어가는지도 모를 일이다. 고개를 푹 숙인 채 걷고 있어서 여자는 누가 누군지 잘 알아볼 수가 없다. 여자가 알 수 있는 것이라고는 환영 같은 물체들이 두려움에 떨고 있다는 사실이다. 그들 중 한사람도 살아 돌아오지 못했고 심지어 견딜 수 없는 고통을 겪거나 죽음을 당하는 지경에 이르렀을지 모른다.

후덥지근한 날씨인데도 여자의 팔뚝에는 소름이 마구 돋아난다. 소란을 피우던 녀석은 어디론가 숨었는지 실내는 다시 적막에 쌓인다. 여자가 장승처럼 서서 출입문 쪽을 힐끗거리고 있을 때였다. 튕기듯 검은 물체 하나가 가게 안으로 뛰어들었다.

"누우나하."

얀이다. 숨을 헐떡거리며 바닥에 주저앉아 버린다. 얀의 흰 셔츠가 땀에 젖어 몸에 달라붙었고 오른쪽 검지는 심하게 떨고 있다.

"얀."

여자는 급히 출입문의 걸쇠를 안으로 걸고서 얀에게 앉으라는 눈짓을 한다.

"다 단속이야. 밀린 월급 받으러 …갔다가 촐롱은 잡혀가고……."

얀의 가무잡잡한 피부가 타들어 가듯 새까맣다.

"그래, 그래."

여자는 얀의 등을 두드리며 진정시킨다.

"돌아갈 수 없어."

얀의 태도는 단호하다.

"일단 저쪽으로."

여자는 구석진 10번방으로 얀을 떠밀어 넣는다. 바닥에 어지럽게 흩어져 있던 깃털이 말끔히 사라지고 없다. 녀석이 어딘가에 물어다 모아둔 게 분명하다. 여자는 그제야 의자 밑에 숨어 있던 구관조를 새장 안으로 집어넣고 덩치 큰 케이지를 들어서 10번방 문을 가로막는다. 금방이라도 묵직한 발소리가 계단을 뛰어 올라올 것만 같아서 여자는 가게 안을 서성거린다. 케이지에 갇힌 구관조도, 숨어 있는 얀도 불안하기는 마찬가지이다. 녀석도 긴장되는지 주둥이를 꾹 다물고 눈치만 살피고 있다. 가게 안은 깊은 바닷속처럼 고요하다. 여자는 결연한 표정으로 스마트폰을 집어 든다. 그리고 최근 기록에서 박의 번호를 찾아 누른다. 뚜우, 신호음이 길게 이어지자 여자는 황급히 전화를 끊어버린다.

오후가 되면서 비가 그쳤다. 장마 끝물이라 먹구름이 어디서 다시 몰려올지 예상할 수 없지만 흰 구름도 몇 점 떠다니고 있다. 습한 공기를 밀어내는 바람이 창을 통해 실내로 밀려들고 있다. 녀석이 너무 조용하다. 평소 같으면 부리 속의 부드러운 혀를 자유자재로 움직이며 수다를 떠는데 대체 무슨 일일까. 여자의 이마에 땀이 돋는다. 선풍기에서는 습하고 더운 바람만 뿜어 나온다. 여자는 10번방 쪽으로 가서 케이지를 치우고 문을 조금 연다. 문에서 뻑뻑한 소리가 난다. 여자는 작은 목소리로 부른다.

"얀?"

얀은 기진맥진한 목소리로 겨우 입을 연다.

"으응"

"얀, 나와 봐. 단속반이 못 알아보게 긴 머리카락부터 자르자."

여자를 등지고 앉은 얀의 뒷모습이 한 줌 햇빛이 비쳐든다. 얀은 긴 머리카락을 바람에 날리며 멀고 먼 고원을 넘고 있는 듯하다. 새장 속의 새처럼 온순하게 날개를 접고 앉은 얀. 여자는 가위를 한 손에 들고 왼손으로 얀의 검고 숱 많은 머리카락을 빗어 내린다. 여자의 가위가 얀의 머리카락 속으로 헤집고 들어간다. 한 움큼 얀의 검은 머리카락이 바닥으로 떨어진다. 여자는 가위를 물에 적셔가며 머리칼을 자른다. 녀석이 얀의 주위를 맴돌면서 떨어진 머리카락을 주워 입에 문다. 얀의 머리칼이 녀석의 부리에 수북하게 붙는다. 여자는 발길로 녀석을 쫓는다. 녀석은 훌쩍 날아오르는 시도를 하지만 별수 없이 주저앉는다. 여자는 얀의 머리카락을 털어내면서 말한다.

"내가 어렸을 때 할아버지가 말씀하셨는데, 날아가는 새가 머리카락을 물고 가면 밤에 날아다니는 꿈을 꾼다고 했어."

여자는 두 팔을 벌려 허공을 내저으며 날아가는 시늉을 했다.

"나도 하늘을 날고 싶어."

얀이 말을 하자마자 녀석은 냉큼 얀의 짧은 머리 위

로 올라가 꾸르륵거리며 날개를 펼쳤다. 얀이 휘파람을 불었다. 짧은 머리칼이 휘파람 소리와 함께 날렸다. 얀은 집게손으로 녀석의 머리를 토닥였다. 녀석은 얀의 겨드랑이에 부리를 묻은 채 안겨있었다. 녀석은 시무룩하게 고개를 숙이고 앉아 얀이 주는 먹이를 받아먹으면서 눈을 떴다 감았다. 여자는 그들을 쳐다보며 말했다.

"도시에서의 비행은 위험해. 그래서 날개를 자를 수밖에 없는 거야."

녀석은 여자의 말을 반복해서 따라한다.

"자를 수밖에 없는 거야. 자를 수밖에 없는 거야."

얀은 독백처럼 말한다. '한국에 뿌리내리며 살고 싶었는데…….' 얀의 목소리는 시간이 흐를수록 젖는다.

"한국사장들, 한국말 잘하는 거 좋아해. 말 잘 알아듣지 못한다고 욕하고 때리고 그래."

얀은 작은 목소리로 '하지만 괜찮아' 한다. 그 말은 한국에서 돈 벌려면 어쩔 수 없잖아, 라는 뜻이 담겨 있다는 것을 여자는 안다. 불법체류자인데 어떻게 관공서를 찾아가 권리를 주장하겠어. 하지만 한국말 잘하면 방법이 있지 않을까, 라는 말이 얀의 목구멍 바로 밑에서 다시 몸속으로 기어들어가는 듯하다. 여자는 얀의 등을 가볍게 토닥이면서 자신의 속내를 들킬까 봐 태연하게 행동한다. 여자는 해 질 무렵까지 잠시 쉬고 있으라며 얀을 10번방 안으로 다시 떠민다.

전화벨 소리가 적막한 실내를 흔들었다. 여자는 부리나케 카운터 쪽으로 달려갔다. 경망스럽게 울어대는 긴 신호음이 끊어질 즈음에 여자가 전화를 받았다. 박이었다.

“아까 전화했네?”

여자는 10번방을 힐끗 쳐다보며 입을 겨우 떼듯 소리 낮춰 말했다.

“저번에 말한 거.”

박은 두말하면 잔소리라며 좋아했다.

“잘 했어. 흑룡강파 형님은 뒤처리가 깔끔해. 어때? 오늘 가게 비워줘야 한다며?”

사무실 최은 늘 그랬듯이 히죽거리며 몇 가지 당부를 했고 무슨 일 생기면 바로 연락하라는 말을 남기고 전화를 끊었다.

여자는 두 손으로 얼굴을 감싸 안았다. 칼로 저민 듯 눈알이 쓰라렸다. 날카로운 메스가 살을 도려내는 듯했다. 여자는 아랫입술을 지그시 깨물었다. 얀이 숨어 있는 10번방 쪽을 쳐다보는데 눈꺼풀이 파르르 떨렸다. ‘안돼요, 돌아갈 수 없어.’ 여자의 눈빛이 흔들렸다.

문이 안으로 잠겼는지, 판단이 안 될 정도로 여자는 불안했다. 문 쪽으로 걸어가 당장 확인해 보면 될 일이지만 여자는 자리에서 몸을 움직일 수가 없었다. 출입구 쪽으로 가까이 다가가면 누군가가 왈칵 문을 밀고 들어올 것 같아서였다.

여자는 호흡을 고르기 위해 숨을 깊게 내쉰다. 다급하게 뛰어 올라오는 발소리가 들린다. 한 사람이 아닌 것 같다. 여자의 가슴이 철렁 내려앉는다. 여자는 얀이 있는 10번방 앞에 구관조의 케이지를 단단하게 밀어 놓고 천천히 출입문 쪽으로 간다. 잠긴 문 저편에서 낯선 남자의 목소리가 들린다. 여자가 빠끔히 문을 연다. 검은 점퍼를 입은 남자와 스포츠머리를 한 남자가 서 있다. 여자의 얼굴이 하얗게 굳어지지만 내색하지 않으려고 단호하게 말한다.

"영업 안 해요."

여자는 표정 하나 흔들림 없이 침착하게 대응한다.

"잠깐, 출입국 관리솝니다."

스포츠머리가 신분증을 내밀며 힐끗 여자의 표정을 살핀다.

"왜요?"

여자는 완강하게 문을 막고 서서 사내들을 막는다.

"관리인이 그러는데, 누가 급히 올라갔다고."

검은 점퍼와 스포츠머리는 물러설 기미가 보이지 않는다.

"비켜 봐."

둘은 말을 끝내기도 전에 거칠게 여자를 밀치고 실내로 들어선다.

"얼른 나가요, 경찰 부르기 전에!"
여자의 목소리가 앙칼지게 날을 세운다.
"아줌마! 이거 장사 한 두 번 하나? 다 아는 처지에."
검은 점퍼가 눈을 치켜뜨며 여자에게 험상궂게 군다. 여자는 마지 못하는 듯이 물러선다. 10번방은 녀석의 커다란 케이지가 막고 있다. 스포츠머리는 방을 대충 뒤지더니 주방을 기웃거린다.
"장사 좀 합시다! 손님 다 내쫓고 있잖아요. 단속반 때문에 손님들 다 떨어져 문 닫을 판이에요."
여자는 불쾌한 감정을 노골적으로 드러내며 얼른 나가라고 짜증을 낸다. 검은 점퍼가 녀석이 있는 케이지 앞으로 가자, "뭘 봐! 이 병신아." 녀석은 케이지 안에 매어놓은 그네를 타며 "뭘 봐! 이 병신아, 병신아" 라며 약을 올린다. 검은 점퍼가 구둣발로 케이지를 차려하자 녀석이 잽싸게 부리로 공격한다. 검은 점퍼가 순간적으로 움찔하며 뒤로 물러선다. 녀석과 검은 점퍼가 실랑이하는 사이에 스포츠머리가 나가자고 소리친다.
"아! 씨바, 시커먼 새끼가 재수 없이."
툴툴대는 검은 점퍼와 스포츠머리 뒤통수에다 대고 녀석이 보기 좋게 한방 날린다.
"앗살라말라이쿰"
나가려던 두 사람이 멈춰 서서 녀석을 째려본다.
"앗살라 뭐라고?"

여자는 서둘러 사내들을 밖으로 떠밀어내면서 중얼거린다. “앗살라말라이쿰? 평화가 깃들기를 바란다고? 안녕하냐고? 짜식, 웃기네. 웃겨!” 여자는 어이가 없다는 듯 녀석을 비웃는다. 깊이를 알 수 없는 녀석의 검은 눈알이 여자를 뚫어져라 응시한다. 여자는 더 빈정대려다가 입을 꾹 다물고 만다.

여자는 아랫입술을 깨물며 휴대폰으로 사무실 최에게 전화를 건다. “아까 말한 거, 그쪽으로 사람을 보내려고……우선 급하니까 선수금을 미리 통장으로.” 말이 끊어지다가 이어진다. 꽉 잠긴 목구멍을 비집고 간신히 흘러나온 것이어서 그 말이 얼마나 많이 주저하고 망설인 것인지 여자는 안다. 여자의 말이 채 끝나기도 전에 박은 기다렸다는 듯이 말꼬리를 자르며 오케이 사인을 보낸다.

“어, 알았어. W모텔로.”

여자의 전화를 받은 박의 목소리가 수화기 밖으로 튀어나올 기세다. 설사 사고로 죽어도 무연고 사망자로 기록되기 전엔 어디에도 이름이 오를 리 없는 얀은 불법체류자이다. 전화를 끊는 여자의 손에 진득한 땀이 배어난다. 문득 기척을 느낀 여자가 뒤돌아본다. 나쁜 짓을 하다가 들킨 사람처럼 여자는 당황한다. 여자를 살피고 있는 녀석의 날카로운 두 눈이 매섭다. ‘전화 통화를 들었다면’ 모든 것을 다 알고 있으면서도 모르는 체하는 녀석이 섬뜩하게 느껴진다. 여자는 조금도 흔들림 없이 보일 듯 말 듯 입가에 차가운 웃음을 짓는다. '너 따위쯤이야' 뭉텅 잘린 녀석의 날개가 맥없이 버둥거린다. 여자는 녀석을 케이지 안으로 던져 넣고 사정없이 문을 닫아버린다. 녀석은 케이지 안에서 곤두박질치다가 날개로 바닥을 긁으며 버석버석 소리를 낸다.

여자가 작정한 듯 수화기를 들고 10번방으로 전화를 건다. 신호가 끊어질 즈음에서야 얀이 전화를 받는다.

"언. 령. 하. 세. 요?"

"……"

여자는 당황했는지 잠시 아무 말도 못하고 머뭇거린다.

"왜 대답 안 해?"

수화기 너머로 전해지는 음성이 사정없이 떨리며 더듬거린다. 여자는 코맹맹이 소리로 목소리를 한껏 꾸며서 인사를 건넨다.

"아저씨 안녕!"

"으으, 내게 전화가 오다니."

얀이 전화방을 처음 본 것은 지난해 여름이었다. 일 마치고 집으로 가는 길에는 2층짜리 상가 건물이 있는데, 어느 날 그 건물 2층에 전화방이라는 간판이 보였다. 날마다 지나치다 보니 자주 쳐다보게 되었다. 얀은 전화방이라는 간판에 강한 호기심이 생겼다. 간판만 보면 전화를 걸고 받기 위해 따로 방을 마련했다는 말인데 도대체 무슨 전화라서 집이 아닌 밖에서 걸고 받는 걸까 얀은 정말 궁금했다. 퇴근길에 동료 박씨에게 전화방이 어떤 곳인지 물었다. 박씨는 엉큼한 미소를 지으며 낮은 목소리로 말했다.

"전화방은 여자를 만나는 곳이야. 한마디로 재미있는 곳이지."

"재미있는 곳?"

돈이 생기면 전화방을 가보려고 맘먹고 있다가, 비가 추적추적 내리던 퇴근길에 얀은 처음으로 전화방을 찾았다. 쪽방에 들어가서 전화가 오기를 기다리는데 거짓말처럼 전화벨이 울렸다. 전화를 한 여성이 얀을 볼 수 없는 점이 다행스러웠다. 집게손을 보고 퇴짜 놓는다면 정말 창피한 일이라고 얀은 생각했다. 얼굴이 가무잡잡해도 손가락이 없는 것도 감출 수 있었는데 한국말이 어눌해서 종종 욕을 먹었다. 그때부터 얀은 상대가 자신을 외면할까 봐 침묵할 수밖에 없었다. 얀이 반응을 보이지 않자 전화를 끊어버리기도 했다. 얀은 수화기를 들고 얼굴이 벌게져서 안절부절못했다. 첫날 다섯 명의 아가씨가 얀에게 전화를 걸어왔는데 얀은 단 한마디 말도 못했다. 누군가가 자신에게 전화를 한다는 자체가 얀에게는 상상할 수도 없는, 굉장한 일이었다. 몇 년째 가족들의 소식도 모르는 채 지낸 얀은 무척 외로웠다.

얀의 목소리는 조금 들떠 있었다. 여자는 누구보다도 간절했다. 눈앞에 있는 끈을 잡지 못하면 다시는 기회를 찾지 못할 것 같은 불길한 예감이 들어 용기를 내서 말했다. 얀은 여자의 목소리를 아는지 모르는지 떠듬거리며 말을 이어갔다. 여자는 친절한 전화방 도우미가 되어 손님의 하소연을 듣고 있었다.

“아가씨는 어디 살아?”

“근처에.”

“잠시 얘기나.”

“이야기보다는 만나고 싶은데.”

얀은 깜짝 놀라서 한참 대답하지 않았다.

“한국말을 못 해서 말을 더듬거리면 아가씨들이 전화를 끊어버렸는데, 만나자고?”

“상관없어요. 아저씨가 하자는 대로 할게요. 대신 용돈 조금만 주시면 돼요.”

“돈이…… 없는데.”

돈이 없다고 했는데도 다행히 전화를 끊지 않자, 얀은 두 손으로 수화기를 꼭 붙잡고 아가씨 대답을 기다렸다. 그렇게 시간이 흘렀다. 얀은 전화방 어두침침한 공간이 얼굴도 모르는 어머니 자궁 속 같다는 생각을 했다. 탯줄 같은 전화선 통해 꼭 한번 보고 싶은 어머니가 소곤소곤 이야기를 들려주는 것 같았다. 얀은 눈을 감았다. 왜 그렇게 편안한지 눈을 뜨기가 싫었다.

"괜찮아요. 조금만 주시면 돼요. 지금 그리로 갈게요. 전화방 근처 W모텔 있죠? 20분 후, 201호에서 우리 만나요."

"지금 좇기……."

뭐라고 대꾸할 사이도 없이 아가씨가 일방적으로 전화를 끊어버렸다. 얀은 너무나 순식간에 벌어진 일을 어떻게 대처해야 할지 도무지 감을 잡을 수 없었다. 황급히 주머니를 뒤져보니 만 원짜리 지폐 몇 장이 손에 잡혔다. 태어나서 처음으로 여자의 품에 안길 수 있다는 게 얀은 전혀 실감이 나지 않았다. 하지만 손끝으로 느껴지는 돈의 감촉이 불가능하다고 생각했던 일이 어쩌면 가능할지도 모른다는 것을 은연중에 말해주는 듯했다. 얀은 20분 전에 미리 가서 아가씨를 기다리고 싶었다.

얀은 10번방 문을 조심스레 열고 밖으로 나왔다. 문 앞을 막고 있던 케이지가 치워져 있었다. 천정에 달린 선풍기는 여전히 더운 바람을 돌려대고 있었고, 텅 빈 방마다 문이 반쯤 열려 있었다. 한껏 짧아진 머리칼이 가볍게 느껴졌다. '모르겠지' 얀은 유리문에 비친 자신을 보며 집게손으로 머리카락을 쓸어 올렸다. 완벽한 변신이라는 생각이 들었는지 얀의 표정이 만족스러워 보였다.

카운터에 있던 여자의 오른쪽 팔에 구관조가 올라 앉

아있었다. 녀석은 가끔 시선을 끌고 싶어서 온갖 말로 떠들기도 하는데 얀은 거침없이 말을 잘하는 녀석이 부럽기도 했다. 그들은 10번방에서 나온 얀을 보더니 어쩌려고 밖으로 나왔냐는 듯 빤히 쳐다보았다. 의미 없이 지껄이는 단어를 녀석은 반복해서 말했다.

"도망쳐."

"알았어. 도망갈게."

얀은 녀석에게 새로 돋아난 날개를 쓰다듬으며 혼자 중얼거렸다.

"날 수 있겠어?"

여자는 그렇게 말하는 얀의 말을 듣는 둥 마는 둥 시치미를 뗀 채 물었다.

"어딜 가려고?"

"가야지. 고마워."

얀은 녀석을 향해 손을 한 번 흔들더니 전화방을 나간다.

"조심해."

여자는 문을 열고 따라 밖으로 나가 얀을 배웅한다. 비가 그친 하늘은 주황색 놀빛으로 가득하다. 붉게 물든 하늘 바다를 등에 짊어지고 얀이 걸어간다. 외부계단을 타고 내려가는 얀의 뒷모습이 한없이 가벼워 보인다. 여자는 W모텔로 걸어가는 얀의 뒷모습을 망연자실한 채 멍하니 바라보고 있다. 노을이 빠르게 스러진다.

이제 엷고 푸르스름한 어둠이 창으로 스며들 것이다. 남아있던 빛이 일제히 일어나 얀을 비춰준다. 얀이 걸어가다가 잠깐 뒤돌아선다. 그리고는 여자와 녀석이 있는 쪽을 한참 올려다본다. W모텔로 향하는 얀의 모습은 투명한 한 개의 점으로 바뀐다. 느닷없이 건물 관리인이 계단을 급히 뛰어 올라온다.

"사무실에 사람들이 들이닥쳤어. 흑룡강파라나 뭐래나하는 애들 잡으러."

관리인은 여자와 녀석을 번갈아 쳐다보며 정말 몰랐냐는 표정을 짓는다. 여자는 관리인을 밀치고 아래를 내려다본다. 사무실 최은 어디에도 보이지 않고, W모텔 주차장에 난데없이 출입국관리소 직원인 검은 점퍼와 스포츠머리가 얀을 낚아채고 있다.

여자의 입에서 신음소리가 새어 나왔다.

"이런, 안 돼."

급기야 녀석이 두 발을 동동 구르다 허공에서 버둥거리며 날아올랐다. 검은 날개를 활짝 펴더니 서쪽 지역으로 끝없이 펼쳐진 A공단 상공을 몇 바퀴 돌았다. 녀석은 광대한 정글 위를 날아가는 새처럼 의연하게 어둠속을 선회했다. 짙푸른 나무들과 정글 같은 도시 건물 사이로 안개가 흐릿하게 깔렸다. 멀리 도시의 불빛이 반딧불이가 한꺼번에 깨어난 것처럼 반짝이며 나타났다. 높고 낮은 건물들이 고원처럼 펼쳐지고 녀석은 흐

느끼듯 날갯짓했다. 뒤섞이다 허물어지며 밀려가는 어둠이 완강한 경계를 지워버렸다. 여자는 이리저리 비틀거리다 그 자리에 풀썩 주저앉았다.

제자리 뛰기

"무슨 일이 있어도 돌아올 거야."

낡고 좁은 화장실에서 내 머리를 감겨주며 엄마는 힘주어 말했다. 나는 이번에도 그 말을 처음 듣는 것처럼 세면대에 머리를 처박은 채 고개를 끄떡였다. 나는 엄마의 말을 철석같이 믿을 수밖에 없었다. 왜냐면 내가 잊을 만하면 엄마는 꼭 돌아왔기 때문이었다. 그렇게 다시 돌아오면 엄마는 나를 데리고 여기저기 떠돌았다. 나는 아무래도 괜찮았다. 낯선 장소에서 혼자 지낼 때마다 나는 주변 사람들에게 잘 보이려 애썼다. 그런 사실을 아는지 모르는지 엄마는 나를 건영빌라에 둔 채 떠나버렸다. 그것이 요즘 내게 일어난 일의 전부였다.

킹마트 출입구를 지나 에스컬레이터를 탔다. 예상했

던 대로 두꺼비 아저씨는 3층에 내렸다. 너무 가깝지 않게, 그러나 너무 멀리 떨어지지 않게 거리를 두며 나는 아저씨를 따라 내렸다. 그는 에스컬레이터에서 내리자마자 오른쪽으로 향했다. 뒤따라 내린 다음, 나는 기둥 뒤에 숨었다.

"니미, 그 흔한 시계도 없어."

숨기척 없이 기다리고 있는 동안 손바닥에 땀이 났다. 등도 가려웠다. 에어컨 바람이 천장에서 뿜어져 나와 민소매 원피스의 치맛자락이 자꾸만 치렁거렸다.

"자, 이제부터 시간을 재는 거야. 하나, 둘, 셋……."

발뒤꿈치를 들었다 놨다 하며 습관처럼 제자리에서 가볍게 뛰었다.

오 분쯤 흘렀을까. 두꺼비 아저씨는 매대 점검을 마치고 마지막 진열대 쪽으로 걸어갔다.

"거긴 카메라에 안 잡히는 명당자리야."

장난감매장에 죽치고 있는 아이들의 정보는 정확했다. 나는 가방을 메고 그쪽으로 향했다. 도둑고양이처럼 재빠르게 숨어들었다. 사람들은 제 할 일에 빠져있느라 아무도 눈치채지 못했다.

겨울이 끝나갈 무렵이었다. 서리꽃이 하얗게 내려앉은 들판을 가로질러 올 때 가져온 여행 가방을 끌며 엄마는 떠나버렸다. 매번 엄마는 나를 홀로 둔 채 집을 나가지는 않았다. 지극히 불안한 관계였지만 순수 언니와 새아빠가 내 곁에 있었다. 서리가 잔뜩 낀 창으로 내다본 골목에는 찬 바람만 불어댔다.

킹마트가 동네 근처에 들어선 지 이 년이 지났다. 비닐하우스와 가구 공장이 널려있던 공터가 사라지고 킹마트가 생겼다. 8차선 도로가 가운데 놓여 있어서 이쪽과 저쪽의 풍경을 확연하게 구분해 놓았다. 건영빌라가 있는 쪽은 추레해 보였고 킹마트 쪽은 신도시처럼 건물들이 깔끔하고 화려했다. 8차선 도로에는 대형 트럭들이 줄지어 달렸다. 그 광경이 연필로 책상 위에 선 긋듯이 선명했다. 학교에서 킹마트는 십 분 정도 거리에 있었다.

새아빠에게 생활 능력이라곤 애초에 찾아볼 수 없었다. 배운 게 좀도둑질이라 내게 남김없이 기술을 전수하겠다며 날마다 킹마트로 데리고 갔다. 밤이 늦도록 환하게 불을 밝히고 서 있던 킹마트가 어린 내 눈에도 다른 세상처럼 보였다. 나는 건영빌라보다 킹마트에서 보내는 시간이 길어졌다. 봄이 되자 새아빠는 엄마를 찾아오겠다면서 언니에게 쪽지를 남기고 사라졌다. 아마도 경찰에 잡혀간 게 분명하겠지만, 우리는 약속이나 한 것처럼 아빠 얘기는 하지 않았다. 새아빠가 언니에게 남긴 쪽지에서조차 나를 부탁한다는 말은 어디에도 없었다. 엄마가 무슨 일 있어도 건영빌라에서 기다리라고 했으니까. 제자리에 있어야 했다.

"씨발, 어른들은 지들 멋대로야."

어이없어할 틈도, 어른들 탓할 겨를도 없이 나는 머리를 굴려야 했다. 언니에게 붙어있을 방법을 당장 찾아야 했다. 최대한 언니 눈에 띄지 않는 게 좋을 것 같았다. 다행인 것은 언니가 빌라 현관 열쇠를 빼앗아 가지 않았다. 언니와 나는 가족도 아니고, 그렇다고 친척은 더더욱 아니었고, 이상한 관계로 한집에 살게 되었다. 언니는 내가 "언니야!" 하고 부르면 강하게 언니가 아니라고 하면서도 나를 내치지 않고 내 버려뒀다. 동네 골목은 아무것도 없고, 놀이터는 지겹고, 배는 늘 고프고, 새아빠가 떠나고 없어도 나는 날마다 수업이 끝나면 킹마트로 달려갔다.

킹마트에서 만나는 단골 아이들은 다섯 명 정도 된다. 그 중에도 아름이는 나랑 잘 어울렸다. 초등학교 오학년인데 엄마가 봉제 공장에 다니기 때문에, 낮에는 킹마트에서 놀다가 저녁이 되어야 집으로 돌아갔다. 공사장에서 잡부로 일하는 아버지를 둔 준희도 마찬가지였다. 비슷한 또래 아이들과 킹마트 안을 몰려다니며 놀다가 오후 내내 매장 안에 있는 게임기 앞에 앉아 있기도 했다. 일찍 집에 가봤자 아무도 없으니까 자연스레 킹마트로 모여들었다. 우리는 놀 곳과 먹을 것이 필요했다. 내가 운 좋게 두꺼비 아저씨한테 푼돈이라도 받은 날은 아이들에게 컵떡볶이를 쏘기도 했다. 그것마저도 없는 날은 아이들과 함께 킹마트 시식 코너를 돌아가며 배를 채웠다.

번듯한 사람들은 마트에 잘 나타나지 않았다. 킹마트에는 무릎 나온 바지와 후줄근한 점퍼를 걸친 아저씨, 꽃무늬가 촌스러운 치마와 낡은 스웨터를 차림의 아줌마들이 대부분이었다. 그들은 너무 말라 있거나 뚱뚱했다. 겉모습만 봐도 대충 많은 물건을 살 만큼 돈이 없다는 것을 알았다. 나는 얼른 자라서 큰 도시로 나가고 싶었다. 그런 다음 빨리 돈을 벌고 싶었다. 그것도 아주 많이 벌어서 강남에 있는 킹마트에서 뽐내며 쇼핑하는 모습을 상상했다.

킹마트 3층은 눈이 휘둥그레질 정도로 물건들이 가득 채워져 있다. 내가 가장 좋아하는 장소이다. 남자아이들이 좋아하는 자동차로 변신하는 로봇 '트랜스포머', 여자아이들이 제일 갖고 싶어 하는 '레고 프렌즈', 실제 아기처럼 표정을 짓는 '베이비 얼라이브', 예쁜 인형 옷, 쇼핑 게임, 스포츠카부터 덤프트럭까지 없는 게 없는 곳이다. 나는 오늘도 이 물건 중 하나를 내 가방에 슬쩍 하려 한다. 사람들 몰래 훔치는 일이지만, 나갈 때는 누구보다도 당당하게 킹마트를 걸어 나가야 한다.

쇼핑카트에 가득 물건을 채운 채 정상적으로 계산을 마치고 집으로 갈 수 있었으면 좋겠다. 하루 여덟 시간 꼬박 정육 코너에서 돼지고기를 굽는 순수 언니와 나를 버리고 사라진 엄마와 좀도둑 기술을 가르쳐 주었던 새아빠에게 그런 모습을 보여주고 싶었다.

킹마트에 가는 여러 목적 중에 단연 으뜸은 가방에 물건을 넣어 오는 일이었다. 새아빠 말대로 그것은 우리 집안을 지탱하는 중요한 가업이었다. 킹마트에는 특판 행사가 많았다. 곳곳에 특가 할인이라는 전단지가 붙어있지만, 평소보다 얼마나 더 싼지 나는 알 수 없었다. 새아빠는 번잡한 시간대를 노려야 한다고 알려줬다.

다시 만난 나와 아름이는 서로 시선을 주고받지 않았다. 그것이 일의 시작을 알리는 암묵적인 룰이었다. 누가 먼저랄 것도 없이 매장 안쪽으로 나란히 걸어 들어갔다. 아름이는 카트를 밀고 가는 아주머니 뒤를 따라가다가 목표를 정한 물건 앞에서 멈춰 섰다. 아름이는 왼손잡이였다. 나는 손가락 세 개를 세워 보이고 점원이 어느 위치에 있는지 알려주었다. 아름이는 손끝을 가볍게 맞대고 집게손가락을 빙글빙글 돌린 다음 왼손을 들어 입에 맞췄다.

오늘의 첫 목표는 쇼핑 게임이다. 신중하게 물건을 집은 다음, 지퍼를 열어 둔 배낭 안으로 떨어뜨린다. 미세한 소리는 매장 안 음악과 소음에 덮인다. 아무도 눈치채지 못하게 감쪽같이 해치운다. 시작부터 느낌은 괜찮다. 나는 배낭을 메고 통로를 따라 걷는다. 컵라면이 떨어지는 바람에 매운 김치라면 진열대 앞에 멈춰 선다. 배낭을 일단 발치에 내려놓는다. 아차, 진열대 사이 좁은 통로에 서 있는 아줌마가 도통 자리를 뜨지 않는다. 지금 상황으로서는 상당히 골치 아픈 상대이다.

'사람을 따돌릴 수 있다면 너도 다 큰 거야.'

새아빠 목소리가 들리는듯하다. 나는 아줌마와의 대결을 오늘 작업의 클라이맥스로 삼는다. 그녀는 좀처럼 틈을 보이지 않는다. 장바구니도 없이 매장 안에 머무는 시간을 조심하라던 새아빠의 말대로 슬슬 다른 곳으로 이동하려는 찰나였다.

'김치라면?'

아름이가 매운 김치 라면을 눈짓으로 가리킨다. 어시스트가 필요한 상황을 알아차린 아름이가 능청 부린다. 아름이가 몸으로 아줌마 시선을 가려주는 바람에 나는 김치 라면을 배낭 안에 얼른 넣는다. 일단은 현장을 빠져나가야 하는 때다.

두꺼비 아저씨 무전기 소리가 들렸다. 웬만하면 아저씨를 피하려고 뒤를 따라다녔는데 일이 꼬였다. 아저씨와 딱 마주쳤다. 심장이 터질 것처럼 벌렁거렸다. 나는 배낭을 벗어 앞으로 안은 채 아무 일 아닌 척 딴청을 피웠다. 마음 같으면 도망쳐야 맞는데 몸의 기억으로는 제자리 걷기였다. 아저씨는 굽은 다리를 하고 서서 신기하다는 듯이 나를 쳐다보며 말을 걸었다.

"태희, 니 여서 뭐하노? 몰려 댕기면서."

"안녕하세요. 두꺼비 아저씨!"

나는 시치미를 떼고 쾌활한 목소리로 인사했다.

"어여, 집에 가레이."

손을 들어 집에 가라고 쫓는 시늉하는 아저씨한테 고개 숙여 인사하고 냅다 아래층으로 줄행랑을 쳤다. 일단 후퇴였다. 두꺼비 아저씨의 목소리를 뒤로하고 달아나면서도 나는 아저씨가 진짜 밑 빠진 독을 막았던 두꺼비처럼, 킹마트에 물건이 하나씩 사라질 때마다 구부정한 몸으로 빈자리를 막고 있는 게 아닌가 생각했다.

두꺼비 아저씨는 킹마트 매장을 돌아다니며 순찰하는 일을 했다. 아이들과 함께 몰려다니며 마트 안을 헤집고 다니면 내게 주머니에서 잔돈을 꺼내 주며 집으로 가라고 타이르듯 말했다. 건영빌라 401호에 사는 두꺼비 아저씨는 새아빠와 집 나간 엄마를 둔 나를 볼 때마다 진심인지, 참견인지 만날 때마다 혀를 끌끌 찼다.

의류매장에 들러 흰 블라우스와 분홍색 주름치마에 반짝이 스타킹을 고르는 척했다. 이런 차림에는 검정 에나멜 샌들을 신으면 예쁘겠다고 생각했다. 옷걸이에 걸린 블라우스를 만지작거리다가 입고 싶은 마음이 간절해지면 제자리에서 폴짝폴짝 뛰었다. 내가 뛸 때마다 킹마트는 거대한 풍선처럼 커졌다. 때맞춰서 통로 쪽으로 고기 굽는 냄새가 올라와 코끝을 간지럽혔다. 킹마트에는 날마다 마르지 않는 샘처럼 먹고 싶은 것, 갖고 싶은 것이 솟아났다. 그래봤자 내게는 돈이 없었다. 엄마가 어서 돌아왔으면 좋겠다는 생각을 더 많이 했다.

순수 언니는 킹마트 정육 코너에서 판촉 점원으로 일하고 있다. 괜히 주변을 어슬렁거리다가 언니 앞에 가서 아는 척을 했다.

"언니!"

"내가 왜, 니 언니야?"

순수 언니는 나를 째려보며 짜증을 냈다. 그래도 시식대 위 고기를 집어 먹는 내게 뭐라고 하지는 않았다. 언니는 집게로 방금 구운 고기를 접시에 올려줬다. 이쑤시개로 고기 몇 점을 한입에 털어 넣었다. 언니는 고기만 노릇노릇 뒤집고 있었다.

틈만 나면 언니는 곧잘 말했다. 말을 할 때는 손으로 강하게 엑스자를 그으며 입술을 쭉 내민 채 표정을 있는 대로 찡그렸다. 그럴 때면 나는 언니의 말을 집중해서 들었다. 뭔가 중요한 이야기라고 생각되었다.

"손님들을 보면 다 보여. 예전에 킹마트 강남 지점에 잠깐 일한 적 있는데, 강남 사람들은 품질이 좋으면 값 따지지 않고 무조건 사 간단 말이야. 여기 인간들은 무조건 깎아 달라, 덤으로 달라 그런다고. 강남 사람들은 눈빛부터 세련됐어. 사람들한테서 빛이 난다고."

언니가 강남으로 가고 싶어 한다는 걸 나는 그때 알

게 되었다. 나를 떼놓고 혼자 가버리면 큰일이었다. 나는 고분고분 언니 말을 듣는 척해야 했다. 언니는 미니스커트를 입고 춤추며 일하는 아르바이트를 하고 싶어 했지만, 키가 작아서 꿈도 꾸지 못했다. 잠깐씩 식당 서빙이나 주유소에서 총잡이를 하다가 킹마트가 들어서면서 판촉 직원이 되었다. 언니는 짝퉁 운동화를 신고 서서 손님들을 향해 소리 질렀다.

"꼬소한 흑돼지 드세요."

언니는 입술을 오므려 있는 힘을 다해 목소리를 높였다. 시식용 돼지고기를 쉼 없이 굽지만, 언니는 한 점 입에 넣지 못했다. 고기가 익으며 풍기는 냄새의 유혹에 침을 삼키면서도 목청껏 외쳤다.

"자, 드셔보고 사세요."

언니가 구운 고기는 접시 위에 놓이자마자 사라졌다. 하지만 카트에 고기를 담는 사람은 없었다. 언니는 팬의 온도를 낮추고 고기 굽는 속도를 늦추었다. 언니는 다른 사람들에게 들리지 않을 정도로 목소리를 낮춰 중얼거렸다.

"어휴, 매상은 안 오르고…… 저 인간 또 왔어."

언니는 고기를 천천히 뒤집으면서 노숙자가 지나가기를 기다렸다. 사내는 덜 익은 고기를 두 번씩, 세 번씩 이쑤시개로 찍어 빼득빼득 먹었다. 마음속으로는 사내를 이쑤시개로 찔러버리고 싶었겠지만, 언니는 아무

말 없이 고기만 구웠다. 나는 언니 눈에 띄지 않도록 재빠르게 양념육 매장 앞으로 갔다.

"왔어?"

매운 닭갈비를 파는 삼촌이 알은체했다. 언니를 좋아하는 닭갈비 삼촌은 내가 나타날 때마다 먹을 것을 챙겨 줬다. 닭갈비 삼촌은 내가 언니 친동생이 아니라는 것쯤은 알고 있었다. 그런데도 내게 친절했다. 닭갈비 삼촌은 언니와 함께 킹마트에서 돈을 벌어 가게를 차리는 게 꿈이라고 했다.

"닭갈비 삼촌, 고마워."

돌아서려는데 갑자기 소란스러운 소리가 들렸다. 날마다 시식 코너를 돌며 고기를 집어 먹어서 우리가 노숙자라고 부르는 인간이었다. 언니는 미안하다고 허리 굽히며 사과하고, 노숙자는 옷에 기름이 튀었으니 세탁비를 내놓으라고 떼를 쓰며 소리를 질러댔다. 어디에 기름이 튀었는지 모를 만큼 꾀죄죄한 옷을 입은 노숙자는 그동안 시식대에서 언니가 눈치를 준 것에 대한 앙갚음이라도 할 듯이 길길이 뛰었다.

"점장 나오라 해, 누굴 개코로 아나!"

노숙자는 고기 한 점을 집더니 언니 얼굴에 던졌다. 언니의 볼에 돼지기름이 번들거리며 흘렀다.

"더러운 새끼……."

내 입에서 욕이 나왔다. 너무 순식간에 벌어진 일이

라 닭갈비 삼촌도, 주변 사람들도 멍하니 보고만 있었다. 이런 상황이면 바로 출동하는 사람들이 있다. 무전기를 든 킹마트 보안원 둘을 데리고 두꺼비 아저씨가 나타났다. 언니는 곧 울 것 같은 표정을 지으며 서 있었다. 두꺼비 아저씨는 노숙자에게 정중하게 사과하더니 언니에게 세탁비를 주라고 눈짓했다. 언니는 바지 주머니에서 꼬깃꼬깃 접어 둔 만 원짜리 한 장을 꺼내 노숙자에게 건넸다.

"기름 안 없어지면 다시 올 거야."

노숙자는 받은 돈을 주머니에 쑤셔 넣으며 사라졌다.

"내가 머라 카더노? 조심하라 안 카더나."

두꺼비 아저씨는 꾸짖듯 낮은 목소리로, 그러나 주변에 있는 점원들이 확실히 들을 수 있도록 말했다.

"쥐새끼 같은 놈."

나는 뒤돌아가는 노숙자를 향해 두 주먹을 불끈 쥐었다. 집게와 가위를 든 언니의 손도 바들바들 떨고 있었다.

"닭갈비 삼촌 바보야. 언니가 당하잖아!"

나는 닭갈비 삼촌에게 한마디 쏘아주고는 혀를 날름 내민 뒤에 신선식품과 가공식품을 파는 쪽으로 걸음을 옮겼다. 점심을 먹은 지 세 시간이 지나 배가 고팠다.

"땡그랑……."

베이커리 코너에서 빵이 구워져 나올 때마다 울리는

종소리였다. 이미 코끝에는 갓 구운 구수한 빵 냄새가 감지되고 있었다. 나는 스낵코너로 가려던 발길을 돌렸다. 아이들이 안 보였다. 빵집 언니가 금방 구운 빵을 잘라서 접시에 수북하게 담아 내놓았다. 얼른 몇 개를 집어서 입에 넣었다. 부드러워서 입안에서 살살 녹았다. 빵 맛은 오래전 기억을 불러왔다. 가끔 내게 빵을 한 보따리 사주고 집을 나가면 오랫동안 돌아오지 않았던 엄마가 생각났다. 달콤하고 고소한 빵조각이 삼켜지지도 않은 채 목구멍을 꽉 메웠다.

킹마트에서는 아이들 나름의 규칙이 있다. 누가 정한 것은 아니지만 그렇게 지켜졌다. 아이들은 몰려다니지 않으려고 했다. 그래도 다니다 보면 우르르 몰렸다. 그러면 서로 모르는 척, 후다닥 흩어졌다.

"모여 다니면 눈치 보이거든, 입맛도 서로 다르고."

처음으로 내가 시식대를 돌 때 준희가 말해 주었다. 과일, 두부, 소시지, 돈가스, 우동, 음료수 등으로 코스를 잡아 한 바퀴를 돌면 배를 채울 수가 있었다. 동작이 빠른 아름이는 가공식품 매대에서 시식대 직원이 딴 곳을 보는 틈을 타서 동그랑땡 세 점을 한입에 넣었다. 나는 신상품으로 출시된 과자를 맛보았다.

건영빌라는 오래된 건물이라 낮에는 거동이 불편한 할머니들이나 휠체어를 탄 삼촌들만 왔다 갔다 할 뿐 내 또래의 아이들은 잘 보이지 않았다. 근처 아파트 앞에 있는 놀이터에는 아이들을 볼 수 있었지만, 걔들과 어울리지 못했다. 같은 학교에 다녔지만 관심사가 달랐다. 킹마트가 내게는 보물 창고 놀이터였다. 거기에 가면 언니 일하는 모습도 볼 수 있었고 운이 좋으면 두꺼비 아저씨가 찔러주는 잔돈도 얻을 수 있었기 때문에 킹마트의 유혹을 쉽게 떨치지 못했다. 나는 자질구레한 물건을 훔치는 일에 깊숙이 빠져들었다. 돈을 모으면 엄마를 찾아갈 생각이었다. 아니면 내가 돈이 많으면 언니가 날 미워하지 않을 거라는 생각도 했다. 그런데 돈이 생각만큼 잘 모여지지 않았다. 킹마트에는 내가 원하는 것이 차고 넘쳤다.

에스컬레이터에서 내려 오른쪽으로 돌아가면 문구 코너였다. 만화 캐릭터가 새겨진 학용품을 눈으로만 구경했다. 엄마 손 잡고 학교 앞 문방구점을 들락거리던 친구들이 제일 부러웠다. 엄마가 돌아오면 다른 아이들처럼 학용품을 사달라고 졸라보고 싶었다. 단 한 번도 그런 적이 없어서 화가 났다. 바닥에 퍼질러 앉아 반짝이 스티커를 들었다 놓았다 하는 애꿎은 아름이를 발로 찼다.

"존나, 열받네. 비켜."

아름이는 슬금슬금 일어나서 피했다.

"야, 좀 있다 다들 모여! 재미난 거 있어."

아름이에게 마트 안에 있는 아이들을 불러오라는 말

을 하고 나는 햄스터를 보러 갔다. 이구아나, 열대어, 햄스터 등 작고 귀여운 동물들이 있어서 하루도 빼먹지 않고 들렸다. 그 중에도 나는 햄스터를 좋아한다. 식품관에서 집어 온 해바라기씨를 하나씩 주면 입속 가득 채워서 볼을 빵빵하게 부풀리는 햄스터. 한참 보고 있으면 슬픈 일을 하나씩 잊을 수 있었다. 쳇바퀴를 돌리다가 톱밥 속으로 숨기도 하고 가만히 멈춰서 나를 빤히 쳐다보기도 했다. 무엇보다 햄스터는 새끼를 잘 낳았다. 새끼 낳은 햄스터를 아이들이 귀찮게 하면 어미 햄스터는 굉장히 예민해지고 공격적으로 변해 자기가 낳은 새끼를 다 잡아먹기도 했다. 그래서 햄스터를 관리하는 직원 언니가 햄스터는 어미와 새끼를 분리해 두는 게 좋다고 했다. 킹마트에서 팔려 간 햄스터가 새끼를 너무 많이 낳아 처치 곤란이 된 새끼 햄스터를 다시 맡기러 오는 사람도 많았다. 아주 어린 햄스터만 받아주었는데, 이래저래 케이지 안에 새끼 햄스터들이 많아 어미 햄스터와 섞여 있는 것도 있었다. 나는 원피스 주머니에 있던 해바라기씨를 꺼내 햄스터 입에 갖다 넣어주었다. 가만히 들여다보는데 혼자 구석에서 겨우 숨만 쉬고 있는 새끼 햄스터를 발견했다. 콧등과 왼쪽 앞다리가 물려서 털이 뜯기고 상처가 빨갛게 보였다. 새끼 햄스터는 예민해진 어미에게 집중적으로 당하고 있었다. 나는 직원 언니를 급히 찾았다.

"엄마 햄스터가 새끼를 자꾸 물잖아요! 저기 안 보여요?"

직원 언니는 바쁜지 별로 신경 쓰지 않았다. 나는 팔을 붙잡고 늘어졌다.

"얘가 왜 이래? 바쁜데 귀찮아 죽겠네."

"죽을 것 같은 저 햄스터 얼마냐……고요……오."

주머니에는 동전 몇 개가 전부였지만 나는 햄스터를 살리고 싶었다. 어린 햄스터는 빗살이 한두 개 빠진 쳇바퀴를 짧은 다리로 뛰듯이 돌리고 있었다. 그냥 내버려두면 죽을 것 같았다. 직원 언니는 귀찮은 듯이 나를 쳐다보며 말했다.

"그냥 가져."

상처투성이 햄스터를 케이지 안에서 꺼내 주었다. 새끼 햄스터는 내 손바닥 위에서 바들바들 떨고 있었다. 노숙자 앞에서 바들바들 떨던 순수 언니 모습이 떠올랐다. 나는 새끼 햄스터를 조심조심 가슴에 안고 휴게실 뒤쪽으로 갔다.

아름이가 마트 안에 있는 아이들을 불러놓고 날 기다리고 있었다. 직원들이 잠시 쉬는 휴게실 뒤로 좁은 비밀의 공간이 있는데 가끔 오갈 때 없는 아이들이 사람들의 눈을 피해 모여드는 장소였다. 나는 배낭의 지퍼를 열고 쇼핑 게임 장난감을 꺼냈다. 아이들 눈이 휘둥그레졌다. 짧은 탄성도 들렸다.

"이거 얼마야?

아름이가 만지려고 했다.

"아, 놔. 병신아."

손을 못 대도록 두 팔을 펼쳤다가 한 손으로 상자를 활짝 펼쳤다. 킹마트처럼 근사한 마트가 생겼다. 채소, 생선, 과일도 갖가지 쌓인 진열대도 있었고 분홍색 쇼핑카트도 굴러다녔다. 정육 코너에는 신선한 고기가 냉장고 안에 들어있고, 장난감 코너에도 물건이 가득 들어있었다. 나는 아이들에게 매장 하나씩을 맡겼다. 그리고 아름이에게는 계산원을 시켰다. 두꺼비 아저씨 따위는 없어도 아무 일이 일어나지 않았다. 마트 사장이 된 나는 새끼 햄스터를 안고 뒷자리에서 느긋하게 앉아 아이들이 쇼핑 게임 하는 것을 보며 즐겼다. 아이들은 분주하게 물건을 사고팔았다. 쇼핑 게임 하는 동안 킹마트처럼 손님들로 넘쳐났다. 계산대에는 돈이 쌓여갔다. 마치 부자가 된 것 같았다. 아이들은 쇼핑 게임에 빠져서 정신이 없었다.

"자, 자. 오늘 영업 끝이야."

나는 아이들에게 정리하라고 말했다. 아름이는 소꿉놀이용 지폐를 여러 장 쥐고 있었다. 마지막 동전까지 긁어모아 금고에 넣은 다음 쇼핑 게임 상자를 닫아 내게 건네주었다. 아이들 얼굴이 아까보다 한껏 밝아졌다. 어느새 준희가 옆에 와서 내 옆구리를 찔렀다.

"왜에?"

나는 신경질을 부렸다. 준희는 손으로 휴게실 쪽을 가리켰다.

"순수 누나가……."

준희는 말끝을 흐렸다. 나는 일어나서 휴게실 쪽으로 갔다. 울음소리가 들렸다. 열린 문틈으로 들여다보니 언니가 앞치마를 입은 채로 의자에 기대서 울고 있었다. 언니가 우는 것을 처음 봤다. 나는 안으로 들어가 겁먹은 채 말을 입안에 넣고 우물우물 언니를 불렀다.

"언니…… 울지 마."

언니는 고개를 들었다. 평소대로라면 '어휴, 열받네.'라는 대답이 돌아왔겠지만, 왠지 언니는 다시 얼굴을 돌린 채 눈길 한 번 주지 않았다. 나는 그만 언니 앞에서 훌쩍훌쩍 따라 울었다.

"진짜 왜 이래?"

언니는 창피했던지 눈물을 닦고 일어섰다. 고기 굽는 연기에 전 언니 음성이 쇳가루처럼 까끌까끌했다.

"퉤, 재수 없어."

화가 난 순수 언니의 눈치를 살피며 나는 배낭 주머니를 털었다. 백 원짜리, 천 원짜리 몇 장이 바닥에 굴렀다. 흩어진 돈을 모아보니 많지 않았다. 꼬깃꼬깃 손에 들고 언니에게 건넸다.

"뭐야!"

"언니한테 필요할 것 같아서."

순수 언니는 돈을 집어 던지며 불같이 화를 냈다. 붉으락푸르락하는 언니 얼굴은 눈물범벅이었다. 손등으로 흘러내리는 눈물을 훔치더니 나를 무섭게 째려보았다. 따지듯 윽박지르며 내 손목을 잡았다.

"어디서 났어?"

"두꺼비 아저씨가 ……."

"이런 맹추 같은 년! 괜히 너한테 돈을 주고 지랄했겠냐?"

언니는 더 말을 잇지 않았다. 나는 무슨 말인지 알아듣지 못하고 두 눈만 멀뚱거렸다. 사고 치면 집에서 쫓아낼 거라며, 으름장을 놓더니 언니는 가 버렸다. 나는 잠시 머뭇거렸다. 하루 동안 너무 많은 일이 일어났다. 에어컨이 돌아가고 있는 데도 나는 자꾸 더웠다. 멀미하듯이 속이 울렁거렸다. 아이들은 하나둘 마트 안으로 다시 숨어들었다. 킹마트 안은 다른 날과 다름없었다. 낯익은 삼촌들과 이모들은 각자 제 할 일에 바빠서 나 같은 것은 관심도 없었다. 어디선가 '네 마음대로 해.' 하는 엄마 목소리가 들려왔다. 사방으로 둘러봤으나 엄마는 보이지 않았다. 엄마와 한 약속을 잠깐 생각했다. 그런데 내게는 돈이 없었다. 돈이 필요했고 언니가 킹마트에서 잘리지 않아야 했다. 돼지기름이 번들거리는 언니의 얼굴을 볼 때마다 엄마의 모습이 겹쳐 보였다.

언니는 집에 돌아오면 발바닥이 바늘로 찌르는 것 같다고 투덜댔다. 내가 주물러 줄까, 하면 재수 없다며 눈을 부라렸다. 언니 발가락에는 손톱만 한 굳은살이 마치 나처럼 툭 튀어나와 있었다. 그걸 볼 때마다 생뚱맞아 보였다.

"냄새 없는 흑돼지 사세요."

마트 안은 전쟁터 같았다. 저녁때가 가까워져 오자 킹마트 안은 동네 아줌마들로 가득 찼다. 언니는 목이 터지게 외쳤다. 매출이 꼴찌가 되면 물건을 빼야 한다던 언니의 걱정을 알 만했다. 멀리서 언니의 뒷모습을 봤다. 한쪽으로 축 처진 어깨가 목소리가 커지면 커질수록 더 기울어졌다. 나한테 항상 화난 사람처럼 퉁퉁 부어있었지만, 나가라는 말은 한 번도 하지 않았다. 이번에는 화가 단단히 난 모양이었다. 나는 눈물을 참기 위해 빠르게 눈을 깜박이며 콧구멍을 벌름거렸다.

계단참에 있는 테이블 위에 햄스터를 올려놓는다. 녀석은 귀를 물어뜯겨 피딱지가 엉겨 있고, 시큼한 냄새가 나며 털은 서로 붙어 엉망이다. 심지어 한쪽 눈을 제대로 뜨지 못한다. 너무 안쓰러워 휴지로 눈을 닦아준다. 털을 손으로 쓰다듬는데 햄스터는 싫은 것인지 자꾸 고개를 돌린다. 이리 잡으면 몸을 저리 돌리며 가만있지 않고 피한다. 상처가 나을 때까진 건드리지 않아야겠다고 마음먹는다. 예민해진 햄스터를 두 손으로 감싸 안는다.

"가만히 있어 봐."

햄스터를 달래고 있었는데 준희와 아름이가 한 무리의 아이들을 몰고 왔고 시끌벅적한 소리에 놀란 햄스터가 내 손에서 튕겨 나가 달아나기 시작했다.

"햄스터 잡아라!"

나의 외침에 아름이와 준이도 달리고 아이들도 일제히 햄스터를 쫓아서 뛰었다. 카트를 밀고 가던 아줌마를 밀치고 통로에 있는 매대를 발로 걷어차며 달리는 아이들 뒤로 킹마트는 아수라장이 되었다. 쏟아지는 물건 사이로 뽀글이 파마 할머니도 쓰러지고 뒤집어지는 쇼핑 카트에 깔리기도 했다.

햄스터는 어디서 기운을 얻었는지 마트 안을 힘차게 돌았다. 겨우 햄스터를 잡아서 배낭에 넣고 있는데, 뒤에서 무전기 소리가 들렸다. 아이들은 놀라서 순식간에 구석으로 달아났다. 매고 있던 배낭에서 훔친 물건이 쏟아졌다. 쇼핑 게임, 김치라면, 만두, 색연필…… 헛바닥처럼 축 늘어진 배낭에서 나온 그것들이 바닥에 나뒹굴었다. 나는 제자리에서 뛰었다. 달아나봤자 두꺼비 아저씨에게 붙잡힐 게 뻔했다. 사람들이 하던 일을 멈추고 나를 쳐다보았다. 아주 신기하다는 듯이 뛰고 있는 나를 향해 핸드폰 카메라를 들이대기도 했다.

"주운 거예요. 누가 버렸더라구요."

제자리 뛰기는 새아빠가 알려 준 비법이다. 한 번 뛰어오를 때마다 나는 그것 말고 더는 가르칠 것이 없다며 기뻐하던 새아빠가 보이다가 사라진다. 엄마도, 언니도, 스쳐 지나간다. 나는 킥킥대다가, 화내다가, 힘이 빠지다가, 심각해지다가, 격렬하게 제자리 뛰기를 한다.

두꺼비 아저씨가 뛰어오더니 내 손목을 틀어잡았다. 폴짝폴짝 뛰는 나를 잡고 있느라 아저씨도 뛰고 있는 것처럼 보였다. 굽은 다리가 어긋나게 바닥에 닿았지만, 이마에 땀이 맺히도록 같이 뛰어 주었다.

"손, 안 놔?"

뒤쪽에서 앙칼진 목소리가 킹마트 안을 흔들었다. 사람들은 소리 나는 쪽으로 일제히 고개를 돌렸다. 기름때가 얼룩진 앞치마를 입고, 오른손에는 가위를 왼손에는 집게를 든 순수 언니가 뛰어왔다. 몰려 있던 사람들이 홍해 바다 갈라지듯 양쪽으로 비켜섰다. 모든 사람의 시선이 언니에게 쏠렸다.

"어…언……니."

"내가 왜 니 언니야?"

말을 더듬고 있는 동안 언니의 말이 칼날처럼 내 등에 꽂혔다. 두꺼비 아저씨는 무척 놀란 것 같았다. 잡고 있던 내 손목을 슬그머니 놓았다. 순수 언니는 어디서 저런 깡다구가 나오는지 나는 무척 궁금했다. 난데없는 언니의 등장에 아저씨도 뒤늦게 달려온 보안직원들도 넋을 놓고 바라보고 서 있었다.

"재가 훔친 게 아니고 아저씨가 준 거예요. 가끔 돈도 집어 줬다는데 어린애한테 왜 그랬을까요? 아저씨가 너한테도 그런 거 맞지?"

언니는 빈정대듯이 말끝을 올렸다. 사람들은 나를 쳐다보았다가 두꺼비 아저씨를 올려다보며 다들 나름대로 생각하는 듯했다. 고개를 갸우뚱하는 아줌마도 있었고 '에고, 그럼 그렇지' 하며 혀를 차는 할머니들도 보였다. 사람들이 제각각 웅성거렸다.

"무신 소리고?"

얼굴이 시뻘게진 두꺼비 아저씨는 보안직원들 앞에서 변명을 늘어놓느라 허둥댔다. 중요한 것은, 아무도 그 말을 제대로 들으려 하지 않는 다는 것이다.

"너 똑바로 말해. 휴게실 뒤쪽에서도 저 아저씨가 네게 그랬던 거 맞지?"

순수 언니는 나를 쳐다보며 눈을 끔벅거렸다. 고발해 버린다고 고래고래 악쓰며 소리 질렀다. 저러다 언니가 킹마트에서 쫓겨나면 어떡하나 걱정이 앞섰다. 나는 겁먹은 채 우물우물 입안에서 말을 씹었다. 가느다란 목소리가 소음에 묻혀서 공중으로 흩어져 버렸다. 아까 언니한테 돈 받았다고 불었기 때문에 똑바로 말하라는 언니 말에 잡아뗄 수도 없었다.

"아저씨가 돈……줬어요."

역시 짐작했다는 듯이 사람들의 눈이 휘둥그레졌다. 나는 몹시 양심에 찔렸지만, 눈 질끈 감고 시치미 떼었다.

"그기 아이라……니까! 나 참, 어이없네."

두꺼비 아저씨는 곧 울 것처럼 나를 쳐다보며 미치겠다는 표정을 지었다. 모든 상황은 두꺼비 아저씨를 궁지로 몰았다. 그걸 알아차린 것인지 아저씨는 바닥에 풀썩 쓰러졌다. 보안직원들은 두꺼비 아저씨를 일으키더니 양쪽에서 팔짱을 꼈다. 다리에 힘이 풀린 아저씨는 직원들 팔에 몸을 맡겼다. 보안직원들은 바닥에 떨어진 쇼핑 게임, 김치라면, 만두, 색연필을 주워 담더니 시야에서 총총 멀어져 갔다. 순수 언니도 고기 구우러 갔는지 보이지 않았다. 킹마트 안은 다시 소음으로 가득했다. 조금 전에 무슨 일이 일어났는지 모를 정도로 와글거렸다. 두꺼비 아저씨는 정말 밑 빠진 독을 막고 있을까. 두툼한 등으로 커다랗게 뚫린 구멍을 지그시 누르고 서 있을 아저씨 모습이 떠올랐다.

아이들도 거의 빠져나가서 그런지 붐비는 킹마트 안이 휑하게 느껴진다. 나는 그제야 배낭 안에 담긴 햄스터를 꺼내 본다. 다행스럽게도 새끼 햄스터는 기운을 차린 것 같다. 킹마트 안을 뛰어다녔으니 지칠 만도 한데 바닥에 내려놓으니 두 손을 모은 채 나를 빤히 쳐다본다. 내가 고갯짓으로 장단을 맞추니 햄스터가 모둠발로 뛰기 시작한다. 폴짝거리며 뛰는 햄스터를 따라 나도 같이 뛴다. 몸 밖으로 심장이 튀어나올까 걱정될 정도다. 제자리에서 뛰는 것처럼 보이지만 희한하게 조금씩 앞으로 간다. 우리는 금방 출구를 찾는다. 양쪽으로 활짝 열린 킹마트 정문을 통과해서 바깥으로 나간다. 8차선 도로 쪽으로 햄스터가 달린다. 나도 뒤따라 뛰어간다.

하와이 펭귄

발치에 떨어진 것은 까만 비닐봉지였다. 바닥에 떨어진 비닐봉지는 한겨울 바람에 오그라들었다 부풀었다 했다. 그것은 그냥 되는대로 나뒹굴고 있는 것이 아니라, 마치 살아있는 생물처럼 부르르 몸을 떨며 파닥거렸다. 형수는 언제부턴가 자신이 있는 곳이 어딘지도 모르는 채 살았다. 알지도 못 하면서 그 장소에 익숙해졌다. 그는 하와이 모텔 쪽으로 걸음을 옮겼다.

"와, 사람을 치당가?"

사내의 거친 목소리가 뒤통수에 와 닿았다. 형수는 가다가 멈춰 서서 뒤를 돌아보았다.

"어잉, 흘겨보네?"

무엇보다 날도 추웠고 일단은 시비를 피하고 봐야겠다는 생각에 고개를 까딱이며 최소한의 반응을 보였다.

"아, 예…… 미안하게 됐심더."

형수는 검은 봉지를 주워 사내에게 건넸다. 손끝으로 어림짐작해도 봉지 안에는 소주병과 뜨끈하고 물컹한 어떤 것이 느껴졌다. 사내는 시비 건 것이 미안했던지 검은 봉지를 얼른 받아들었다.

"첨 보는 낯짝인디?"

"……."

사내는 더 안 들어도 다 안다는 듯이, 고개를 끄덕이며 하와이 모텔로 들어가 버렸다. 누런 건물 벽에 빗물 자국이 흘러내려 얼룩이 져 있었고 현관 입구에는 플라스틱으로 만든 조악한 야자수 한 그루가 화분에 심어져 있었다. 매서운 겨울 날씨에 어울리지 않게 진초록 색 야자수 잎이 요량 없이 흔들리고 있었다.

모텔 주인 여자가 형수의 행색을 아래위로 훑었다.

"얼마나?"

"한 달."

여자는 익숙한 손놀림으로 숙박계를 대충 받아 적더니 열쇠를 꺼내 들고 설명했다.

"한 달 월세는 선납이고요. 그 전에 나가도 환불 없다는 거 아시죠."

형수는 여자가 알려주는 호실을 찾아 긴 복도를 따라 걸었다. 어지간히 낡아도 낡은 벽지와 어둑한 조명으로 마치 어두운 터널을 지나는 듯 했다. 어디선가 노랫소리가 들렸다.

'두마안강 푸이런 무울에 노오젓는 배앳싸아아고오 옹 흐일러어간 그 예인날에 …… ."

모텔 앞에서 시비를 걸었던 사내였다. 술꾼치고는 음정 구성지고 박자도 얼추 맞는 편이었다. 뒤이어 따라온 모텔 주인 여자가 기어이 한 마디 던졌다.

"술만 묵으면 저 지랄이네."

사내는 들은 척도 하지 않고 더 고래고래 노래를 부르다 멈추고는 형수에게 수작을 걸었다.

"거시기, 춥당께 한 잔 헙디여?"

사내는 형수가 거처할 맞은편 방에 앉아있었다. 장기투숙하는 방들은 한곳으로 모아둔 듯 했다. '이 문디 같은 놈아, 와 자꾸 반말하노.' 라고 되받아치고 싶었지만 겨우 참았다. 초대를 한다는 방법이 딱, 하와이 모텔 주민다웠다. 방바닥에 소주병과 일회용 접시에 담긴 순대가 있었다. 형수는 검은 봉지 안에 들었던 뜨끈한 것이 순대였다는 것을 알았다. 형수는 자신의 방에 열어보지도 않고 문을 열어 둔 사내 방에 들어갔다. 가까이서 보니 쉰을 조금 넘긴 듯싶은 얼굴이었다. 그는 피식 웃더니 자기가 앉았던 자리에서 일어나 그 자리에 형수를 앉으라고 권했다. 만남의 발단이야 어쨌든 형수도 사내와 얼굴이 정면으로 보이게끔 쪼그리고 앉았다. 물이 번진 듯 검은 얼룩이 방바닥에 남아 있었다. 도로 쪽으로 난 창 밖에는 겨울바람이 사이렌 소리처럼 울었다.
"형수라카요."
사내에게 손을 내밀었다. 대충 눈치로 알아봤지만 사내의 손바닥이 거칠게 옹이가 박힌 걸 느끼며 형수는 말하지 않아도 사내의 살아온 내력을 악수를 통해 단번에 읽었다.
"태식이라요."
조금 전의 버릇없던 말투는 어디다 삶아 먹어버렸는지 사내가 갑자기 나긋나긋해진 모습이었다. 바지 주머니에서 구겨질 대로 구겨진 담배갑을 꺼내 두 개비를 빼어 서로 하나씩 나눴다. 한 개비 담배 때문이었을까. 형수와 태식은 한 십 년 전에 만난 친구처럼 거리가 좁혀졌다.
"이 방에서 두 달 살았는디. 내일 나는 가니께……."
사내는 형수 눈치를 살피더니 입김으로 손을 데우는 시늉을 하며 '이 방 어떻냐'는 표정을 지었다. 외풍이 심했던 건지 넓은 검정색 비닐로 창문을 봉해 버린 듯했다. 날카로운 바람 소리가 바로 검은 비닐에서 났다는 것도 형수는 지레 짐작으로 넘겨 짚었다.
"방이야 뭐, 다 거기서 거기 아입니꺼."
형수는 별 중요한 부분이 아니라는 듯 시큰둥하게 말을 했다.
"저거 쓸 만헌디 살라요?"

사내는 냉장고를 눈으로 가리키며 술잔에 소주를 따라 부었다.

"그냥 두고 가소. 싫으면 가져가든가."

들고 가기에는 덩치가 커보였다. 모텔에 비품으로 있는 소형 냉장고가 아니라 가게에나 있을 법한 미닫이문이 달린 아이스크림 넣던 낡은 냉장고였다. 좁은 방에 무슨 살림살이가 많은지 발 디딜 틈이 없었다.

"이래 뵈도 전에 살던 사람헌티 돈 주고 산 것이요. 뭐든 통째로 들어가거든."

사내는 냉장고 미닫이를 열더니 소주 한 병을 더 꺼냈다. 유리병에 살얼음이 낀 걸로 보아 냉장과 냉동의 중간 정도의 온도가 아닐까 생각했다. 아무리 겨울이라도 소주는 찬 것이 최고라며 사내는 순대 한 점을 입에 넣은 채 이죽거렸다.

"일자리는?"

사내의 질문에 형수는 윈고개를 틀면서 방바닥을 내려다보았다. 거뭇거뭇한 얼룩이 검버섯처럼 번져가고 있었다.

"엄동설한이라 현장 일도 없심더……."

술판이 어느 정도 무르익게 되면서 형수와 사내는 조금씩 이야기를 이어갔다. 갓난아이 오줌 싸듯 찔끔찔끔 서로의 속내를 비추다가 술이 거나해지면서 둘의 관계는 급물살을 탔다.

"한시적으로 하는 일이 있긴 한디 해볼라요?"

형수는 사내의 제안에 눈을 번쩍 뜨고 가까이 다가앉았다.

"뭐든 할 수 있심더. 목수, 미장 기술이고, 까짓거 잡일이라도."

"잡일이지라. 좀 험하다면 험하고."

"가릴 처지가 아입니더."

형수는 넉살 좋게 사내에게 술을 권하며 무슨 일인지도 잘 모르면서 넙죽 제의를 받아들였다. 사내가 대충 상황을 설명했다.

"망해 버린 동물원이요. 내가 하는 일은 내일이면 끝나고, 잡다한 뒷정리가 좀 남았을 것이요."

사내는 삐뚤거리는 창문을 손마디 정도만큼 열더니 들판 한가운데 서 있는 허름한 건물들을 가리켰다. 겨울 들판에는 녹지 않은 흰 눈이 듬성듬성 보였다. 술잔이 몇 차례 오갔고 사내는 흥얼흥얼 노래를 불렀다. 형수는 비틀거리며 일어나 인사를 건네고 자기 방으로 가 문을 열었다. 불을 켜자 검은 곰팡이로 가득한 천장이 한눈에 들어왔다. 점점이 박힌 곰팡이들이 밤하늘에 떠 있는 별처럼 흩어져 있었다. 형수는 방 한쪽에 짐을 던지고 삐걱거리는 낡은 침대에 몸을 던졌다. 머릿속에 떠오르는 생각들을 지우려 이불을 뒤집어썼다.

지저분한 거리, 부러진 전봇대, 아비규환의 현장, 부

서지던 건물들 위를 작업화로 밟고 다녔다. 지난 달, 인력 모집 공고를 보고 간 그곳은 재개발 현장이었다. 쇠파이프와 헬멧을 쓰고 현장을 누빌 때 형수는 '돈이 생기잖아.'라는 명분을 가까스로 내세웠다. 그들은 형수가 평소 버는 돈의 다섯 배나 줬다. 건물 잔해를 옮기고 부수는 일을 주로 시켰다. 일이 끝나면 마스크가 땀에 젖어 물이 줄줄 흘렀다. 그것보다 더 힘들었던 것은 형수의 다리를 붙잡고 매달리던 노인을 끝내 뿌리치지 못했고, 사람 할 짓이 아니라고 고개를 흔들다 일을 그만두고 여기저기 떠돌았다. 그는 누굴 챙길 형편이 아니었는데도 대책 없이 오지랖을 부리며 살았다. 번번이 쫓겨났지만, 형수는 다시 일을 구하러 다니며 떠돌이로 평생 살았다.

"뻔뻔스럽게, 왜 자살 같은 걸 안 하나 몰라."

아내의 이죽거리는 악다구니에도 형수는 아무 말도 못 하고 멀뚱멀뚱 눈치만 살폈다.

"글쎄…… 곧 괜찮아지지 않을까?"

원래 가장이라는 규격에 맞았던 그의 인생은 말하나 마나 완패였다. 끔찍한 일을 벌여놓고, 형수와 아내는 세상의 끝을 향해 달아났다. 뿔뿔이 흩어져서 세상 끝에 다다르면 그땐 괜찮아질 거라고 부질없는 말을 아내에게 했다. 형수는 차마 입 밖에 말을 꺼내지 못했지만, 아이를 포기한 게 아니었다는 변명을 아내에게 하고 싶었다. 이젠 하나마나한 변명 같지만, 형수의 목구멍에는 아이라는 가시가 평생 걸려있었다.

방이 추워서 형수는 자는 둥 마는 둥 일찍 일어났다. 조용히 일어나 화장실로 들어가 수도꼭지를 조금 틀고 세수를 했다. 방음이 안 되는 터라 물소리가 들리지 않게 형수는 조용조용 씻었다. 사내가 기척을 듣고 형수 방문을 노크했다.

"냉장고 옮기는 게 힘드니께, 오늘 밤부터 내 방으로 옮기죠잉."

사내는 일이 끝나는 대로 오늘 하와이 모텔을 떠날 것이라고 했다. 주인에게는 말해두었다며 선심 쓰듯 짐보따리를 들고 방을 나왔다. 형수는 간단한 복장을 한 채 사내의 낡은 트럭을 함께 타고 동물원으로 향했다.

황량한 들길을 따라 십 분쯤 달리니 회색 건물 몇 동이 보였다. 사내의 찍찍거리는 트럭 바퀴소리가 거슬렸지만 형수는 아랑곳 않고 창밖만 내다보았다. 어디를 보아도 휑하게 비어있는 겨울 들판에 동물원이 있었다. 입구 쪽으로 들어서자 '진양 동물원'이라는 간판이 보였다.

"한 때는 하루에 만 명 정도로 관람객이 많았다니께. 쩌그 사거리부터 경찰이 교통정리 할 정도였는디 경영난 겪다가 결국 문 닫았제잉."

형수는 사내를 따라 몇 개의 사육장을 지나 좁은 길

로 들어선다. 비릿하면서도 매캐한 냄새가 뿌연 공기에 섞여 코끝을 떠나지 않는다. 사료와 동물들의 오물로 바닥은 얼룩져 있다. 불 꺼진 사육장 안에서 마무리 작업 하는 사람을 향해 사내가 소리친다.

"나여."

그는 하던 일을 멈추고 걸어 나온다. 둘은 친하게 지내는지 반갑게 손을 잡는다.

"어, 어서 와!"

"여그는 형수여. 나머지 폐기물 치우는 거 맡기면 됐지라."

"안녕하십니꺼?"

"아, 네."

동물원 직원이라는 남자는 혼자서 멀리 헤매다 돌아온 사람처럼 고단하고 지친 표정을 지었다. 사장은 이미 도망치고 자리를 비웠고, 그나마 동물보호단체와 시민들이 합심해서 뒤처리를 하고 있었다. 그는 스스로 고행길에 나선 사람처럼 동물원 입장에 대해 변명조의 말을 늘어놓았다.

형수는 괜스레 마음이 불안할 때면 습관처럼 이빨을 깨물었다. 어금니 두 개가 휘청거렸다. 나귀가 살던 사육장은 텅 비어 있었다. 사내는 며칠 전에 나귀가 결국은 세상을 떴다며 말했다. 동물들은 거의 눈에 띄지 않고 마른 낙엽들이 바람에 이리저리 몰려다녔다. 창살

너머 시멘트벽에는 동물의 털 같은 것이 붙어 있었다. 흔적만 남기고 사라진 목숨붙이들이 살던 우리에 겨울 칼바람이 몰아쳤다. 형수는 별 반응 없이 사내가 시키는 일을 하면서 어금니를 잘근잘근 좌우로 뭉갰다. 입안에 짭조름한 핏물이 고였다.

“팔려가거나, 기증됐거나 그런 축에 못 드는 동물들은 나이가 많아서 이제 슬슬 자연사할 때가 됐는디, 그것마저도 허락될랑가 모르겠네.”

사내는 동물원 사정을 잘 안다는 듯이 쯧쯧 혀를 찼다.

“동물원이 흥해야 동물이 사는 긴지, 망해야 동물이 사는 긴지?”

형수는 사내에게 물었다.

“헛소리 말랑께…… 우린 일이나 하고 돈이나 벌면 되는 것이여.”

사내는 사슴을 싣고 농장으로 가야한다며 사육장 안으로 들어갔다. 형수도 따라 들어갔다. 오전 중으로 사내와 형수는 몇 마리 남은 사슴들은 사육 농가로 싣고 가야 했다. 형수는 사슴을 트럭으로 몰아넣으려고 작대기를 들고 뛰어 다녔다. 놀란 사슴들의 눈을 바라보는 일이 형수에겐 고역이었다.

동물원 직원은 사내와 형수에게 몇 가지 당부를 했다.

"치우고, 담고, 묻고, 버릴 것."

사내는 동작이 민첩하고 눈치 또한 만만치 않게 빨랐다. 직원이 뭘 원하는지 알아서 척척 일을 했다. 사내는 트럭에 시동을 걸고 형수에게 타라고 눈짓을 했다. 짐칸에는 영문도 모르는 사슴 몇 마리가 멀어져가는 동물원을 보며 마지막일지도 모를 애달픈 눈길을 던지고 있었다. 찬바람이 구멍 뚫린 트럭 바닥으로 스며들었다.

"싸게 댕겨 와야 해 지기 전에 다 끝낼라잉."

사내는 폐차 직전의 꼴을 하고 있는 트럭이지만 있는 힘껏 페달을 밟았다. 형수는 떠난 아내에게 했던 말을 떠올렸다. "같이 살자" 아내에게 매달려 봤지만 결론은 늘 돈이 문제였다. 형수는 아내의 어깨를 떠민 것도 자신이라는 생각을 했다. 아내를 보면서 혼잣말로 "괜찮아"라고 말한 것도 사실이었다. "제발 괜찮다는 말 좀 하지 마. 우린 괜찮지 않아!" 아내가 소리 지르고 떠났다. 멀거니 서서 돌아서는 아내를 잡지 못했다. 형수는 그때 생각하며 차창 너머로 흰 눈이 조금씩 떨어지는 것을 보고 있었다.

"눈 올라 카네예."

형수는 서먹한 분위기를 돌려보려는지 날씨 타령을 했다. 사내는 농장에 거의 도착 할 거라며 형수에게 차가 멈추면 트럭으로 올라가 사슴을 몰아달라고 했다. 형수는 고개를 좌우로 돌렸다. 목뼈에서 우두둑, 소리가 났다. 사내가 다시 입을 열었다.

"사슴처럼 목 긴 짐승도 아마 없제잉?"

운전대를 잡고 사내는 사슴처럼 목을 길게 빼들고 사방을 두리번거리며 놀란 표정을 흉내를 냈다. 서로 킥킥대면서 웃다 보니 어느새 눈앞에 사슴 농장이 나타났다. 사내가 농장 안으로 트럭을 몰았다. 주차장에는 사슴피와 녹용을 구하러 온 손님들의 차가 빼곡했다.

"그나마 이렇게 수요처 있어 팔려가는 것들은 나은 편이여. 안락사 시키거나 버려지는 동물도 많어라."

사내는 그나마 뭐가 더 나은 지에 대한 얘기를 했다.

"돈 안 되는 건 하여튼, 쟤들도 나처럼 실직 동물이네."

형수는 일자리를 잃고 쫓겨나던 때를 생각하며 싣고 간 사슴들을 사육장 안으로 몰았다. 모처럼 우리 밖을 나온 사슴들은 눈밭을 뛰어다녔다. 사내는 농장주를 만나 간단한 확인서를 받아들고 나왔다. 트럭에 시동을 걸며 형수를 불렀다.

"얼른 타. 동물원 가서 할 일이 남았어잉!"

형수는 사슴들을 물끄러미 바라보다가 차에 올랐다. 그 사이 눈발은 더 거세졌다. 트럭은 동물원을 향해 전속력으로 달렸다.

"형수, 까만 봉지 트럭에 실린 거 내릴 때 같이 들고 내려잉."

사내는 장갑도 챙기라는 말을 잊지 않았다.

회색 건물이 폐허처럼 남아 있는 동물원에는 살아있는 거리곤 비둘기 몇 마리뿐인 것처럼 보였다. 더는 새라고 보기에 민망한 걸음걸이를 하고 있던 비둘기는 날지 못했다. 쓰레기 더미를 헤집고 다니던 비둘기들은 발톱마다 먼지와 비닐 조각들이 엉겨 붙어 뒤뚱거렸다.

형수는 트럭에서 내려 커다란 비닐봉지 묶음을 들고 서서 그런 생각을 했다.

'비둘기도 날 수 있었다면 이곳을 떠나지 않았을까'

비정상적으로 몸집이 큰 비둘기 한 쌍을 보며 형수는 눈을 가늘게 떴다.

"왜 이렇게 늦어?"

직원이 눈을 흘기며 따라오라고 손짓을 했다. 사내와 형수는 그를 따라 사육장 안으로 들어갔다. 시멘트 바닥에는 쓰레기장을 방불케 할 만큼 온갖 물건들로 가득했다. 락스 병, 부서진 의자, 무엇보다도 각종 비닐들이 흩어져 있었다. 그 사이로 군데군데 토끼나 오소리 같은 작은 동물의 사체들이 함께 나뒹굴었다. 코를 찌르는 악취에 사내는 얼굴을 찡그렸다.

검은 봉지가 여기저기 쌓여 있었다. 그것들은 늙은 호박 크기만 한 사이즈였다가 나중에는 혼자 힘으로는 들 수 없을 만큼의 사이즈로 커졌다. 검은 봉지 찢어진 쪽으로 죽은 짐승의 발이 튀어 나와 있었다.

"아이고, 이게 뭐꼬!"

형수는 단말마의 비명을 질렀다. 사내는 그런 형수를 보고 별나다는 듯 째려보았다.

"아, 글게 일이 험하다 했잖여."

검은 비닐봉지 안에 들어 있는 물체를 꺼내 보진 않았지만, 형수는 그것들이 한때는 동물원에서 관람객들을 맞던 동물들이라는 확신이 들었다. 사내는 형수가 들고 있던 비닐봉지 묶음을 통째로 낚아채 갔다.

"서 있지 말고 얼른, 얼른혀라."

사내의 재촉에 형수는 축축하고 묵직한 저항이 느껴져 비닐봉지를 잡았다 얼른 내려놓았다. 마치 못 볼 것을 본 사람처럼 얼굴을 옆으로 돌린 채 폐기물들을 수레에 옮겼다. 형수의 가슴에 고인 울음이 바닥으로 가라앉았다. 시간이 흐를수록 그의 표정은 새파랗게 질려 있었다. 허벅지는 바위처럼 굳어지고 손목이 부러질 것 같은 통증이 팔 전체에 느껴졌다. 형수는 무릎을 꿇고 손을 뻗었다. 길쭉하게 생긴 검정 비닐봉지 하나가 눈에 들어왔다. '앙고라 토끼(암컷)'라고 연습장을 찢어 쓴 이름표가 붙어 있는 봉지였다. 겨울이라 그나마 덜 부패하긴 했으나 냄새가 코를 찌른다. 비닐 테이프로 아무렇게나 묶은 검은 덩어리가 돌처럼 굳어있다. 동물원에서는 검은 비닐봉지에 담길 수밖에 없는 그것들의 운명에 대해 함구한다. 바닥에 붉은 핏물 자국이 묻어

있고 야생동물의 발톱 몇 개가 비닐봉지를 뚫고 삐죽 나와 있다.

'조금만 참으면 돼.'

형수는 속으로 그 말을 삼키며 이빨을 깨물었다. 겨우 남아 있는 어금니도 빠질 듯 흔들거렸다. 바위처럼 단단한 검은 물체에 싸늘한 칼바람이 할퀴듯 파고들었다. 형수는 머리 위로 자루를 들고 수레를 향해 힘껏 던졌다. 공중에서 자루가 꿈틀하다가 바닥으로 다시 떨어졌다. 동물원 직원의 거친 욕설이 형수에게 쏟아졌다. 길거나, 짧거나, 무겁거나, 가볍거나 헤아릴 수 없는 생명들이 미리 파 놓은 구덩이 근처로 옮겨져 산처럼 쌓였다. 언 땅이라 중장비가 아니고는 땅을 파는 것이 불가능해 보였다. 흙벽에 굴삭기의 깊은 자국이 선명했다. 깊고 넓게 파 놓은 구덩이를 바라보며 형수는 생각에 잠겼다.

아이가 죽기 전에는 아내도 잘 견뎠다. 형수도 자신에게 주어진 역할을 나름대로 했다. 야속하게도 형수의 형편은 나아지지 않았다. 아이의 몸은 병원 침대 위에서 차갑게 서서히 굳어갔다. 소아중환자실 치료비가 눈덩이처럼 불어나 형수 부부를 짓눌렀다. 흰 시트로 덮어놓은 아이의 몸을 손으로 더듬으며 형수는 몇 번이고 정신을 놓았다. 세상이 모두 잠든 어두운 밤, 형수 부부는 아이를 그곳에 두고 도망 나왔다. 어디라도 가야했다. 날이 밝으면 병원이 발칵 뒤집어질 것이 뻔했지만 도망치는 것 말고는 아무런 방법도 없었다. 그날 이후부터 형수의 삶은 암흑이었다. 빛 한 줄 새어들지 않는 깜깜한 세상이었다. 형수가 하와이 모텔로 흘러오게 된 사연쯤이야 사내도 이미 눈치챘을 것이다. 모두 고만고만한 말 못 할 사정이 있다는 것은 이 바닥 생리를 안다면 다 아는 일이었다.

"형수, 그러고 있지 말고 구덩이에 확 던져불어!"

사내가 형수를 향해 악을 쓰며 소리를 질렀다. 그도 이 상황이 편치 않은 듯 잔뜩 인상을 찌푸린 채 형수를 노려보았다.

"이 답답한 양반아! 얼릉 허라잉! 돈 준다니까."

사내의 외침에 형수는 다시 비닐자루를 안아 들었다. 소름이 돋도록 냉기가 전해졌다. 형수는 손바닥에 전해지는 촉감으로 보아 아기 원숭이가 아닐까 하는 짐작을 했다. 다시 어금니를 힘껏 깨문 채로 검은 봉지를 구덩이에 던졌다.

"또 있잖여. 거그 그거……."

사내의 말소리가 굴삭기 엔진 소리에 묻혀버렸다. 동물원 직원은 검은 비닐봉지 위로 시뻘건 황토를 연거푸 뿌렸다.

"어휴, 씨팔! 나는 그냥 행복하고 싶다 아이가."

형수의 입에서 울음 섞인 기괴한 신음이 새어 나왔

다. 묵직한 비닐봉지는 하나씩 하나씩 형수 손을 거쳐 구덩이 속으로 던져졌다. 구덩이가 거의 메워질 즈음, 사내도 형수도 구역질을 해댔다.

"하튼 말이여……."

사내가 침을 구덩이 쪽으로 뱉으며 차마 말을 잇지 못했다. 형수 곁으로 다가온 사내는 담배 한 개비를 건넸다. 겨울 한낮의 희미한 빛이 남루하게 두 사람을 비추고 있었다. 까닭모를 연민의 정이 두 사람의 분노를 다독이고 있었다. 직원이 굴삭기를 몰고 검정 봉투가 쌓인 곳으로 왔다. 아예 굴삭기로 한 번에 구덩이에 밀어 넣을 태세였다. 갑자기 형수가 굴삭기에 앉은 직원을 향해 두 팔을 벌리고 막아섰다.

"이봐, 비켜!"

직원이 여차하면 굴삭기로 묻어버릴 듯이 화를 냈다.

"그라지 말아!"

형수는 꽝꽝 얼은 몸뚱어리가 담긴 봉지를 들어 올려 구덩이로 옮겼다. 놀란 두 사람은 그런 형수를 멀뚱히 쳐다보았다. 그의 태도가 무슨 의식을 치르는 것처럼 엄숙해서 누구도 형수를 말리지 못했다. 깜깜한 극장 안에서 영사기 필름이 사륵사륵 돌아가듯, 유독 형수가 던지는 검은 비닐봉지 소리가 적막을 깼다.

동물원 직원은 기다렸다가 한 줌 흙을 뿌려주었고, 사내는 자주 하늘을 올려다보며 담배 연기를 뿜어댔다.

얼마나 시간이 흘렀을까. 눈발이 거세졌다가 옅어졌다가 또 거세지기를 반복하며 시간이 흘렀다. “부시럭.” 분명 소리가 났다. 형수는 다시 봉지를 조심스레 만졌다. “부시럭.” 깜짝 놀란 형수는 검은 비닐봉지 속으로 손을 넣었다. 움직임이 느껴졌다. 사내와 직원이 안 보는 사이 형수는 얼른 검은 봉지를 수레 아래로 숨겼다. 구덩이로 봉지를 던져 넣는 형수의 손놀림이 부쩍 빨라졌다. 그러는 바람에 얼추 작업이 예정대로 끝났다. 굴삭기에서 내려온 직원은 둘에게 일당을 주었다. 돈 봉투를 챙기지 않고 서 있는 형수에게 사내는 농을 걸었다.

“싫으면 내가 받아도 된당께.”

돈을 받아든 형수는 체한 듯 가슴을 주먹으로 두드렸다. 더 세게, 더 세게 가슴을 쳤다. 쓰러지는 블록처럼 주저앉더니 몸이 종잇장처럼 구겨졌다. 형수에게 있어 돈은 무능을 확인하는 순간이었다.

“아니 이 친구야, 가자 가불자!”

사내는 형수를 밀면서 가자고 재촉했다. 형수는 두고 온 것이 있다며 미친 듯이 구덩이 쪽으로 달려갔다. 겨울 해는 이미 서쪽 하늘에 걸쳐졌고, 눈바람은 잦아들고 해가 비췄다. 한없이 가벼운 비닐봉지가 바람에 불어올 때마다 무한하게 팽창했다. 형수는 동물들을 묻은 커다란 구덩이를 보면서 대책 없이 부풀어 오르다가는 터져버릴지도 모른다는 생각을 했다. 일정 간격으로 팽창과 수축을 반복하는 검은 비닐봉지가 기괴하게 보였다.

비닐 한 장은 허공으로 날았고 또 한 장은 바닥에 깔린다. 붉은 황토흙이 파헤쳐진 구덩이에는 비명소리가 우글거린다. 사선으로 비껴 선 햇살이 남루하게 비추고 있고 기어오를 수 없는 아득한 절벽 앞에 목이 죄어 올 때까지 서로에게 파고들 뿐이다. 검은 액체는 조금씩 바닥으로 내려앉고 땅은 검은 진액을 토사물처럼 뱉어낸다. 비닐봉지에서 빠져나온 냄새가 검은 구름을 만든다. 땅이 입을 벌리고 하늘이 이마를 찌푸린다. 끊임없이 커졌다 작아졌다를 반복하는 검은 비닐봉지는 구덩이를 기어오르기 위해 발악을 한다.

형수는 수레 아래에서 죽은 듯이 숨죽이고 있던 검은 봉지를 꺼내 배낭에 담았다. 서둘러 그곳을 빠져나오는데 동물들이 사라진 지린내가 코를 찌르는 동물원은 흉가처럼 을씨년스러웠다. 흔들거리던 어금니 하나가 결국은 형수의 입안에서 굴러다녔다. 형수는 피가 흐르는 잇몸을 혀로 핥으며 사내의 트럭에 올라탔다. 하와이 모텔로 가는 길은 들판을 가로 질러 쭉 뻗어 있었다. 아직 낮인데도 왠지 어둡다는 느낌이 들었다. 사내도 무척 지친 모습이었다. 형수는 사내의 얼굴에서 자신의 표정을 읽었다. 입 다물고 가만히 앉아있자니 무척 거

북해서 형수는 자기도 모르게 사내에게 불쑥 말을 뱉었다.

"어디로 갑니꺼?"

"이렇게 세상 끝까지 가는 것이여."

세상의 끝이라는 사내의 말에 형수는 멀쩡한 정신으로는 기억할 수도 없던 수치스러운 도망을 기억했다. 믿을 수 없는 일이었지만, 믿고 싶지 않은 일이었지만 형수에게 돈은 움켜쥐면 쥘수록 모래알처럼 손아귀에서 좍 흩어졌다. 그 후로 그는 돈이 주머니에 있으면 집으로 가는 지하철에서 승객들에게 돈을 나누어주다가 신고받은 경찰에게 쫓기기도 했고 어느 날은 돈이 든 봉투를 어느 집 우편함에 넣어두고 달아나기도 했다.

형수는 뒤로 쏠리는 미묘한 마음을 애써 다스리면서 배낭 안에 든 검은 비닐봉지에 어설픈 희망을 걸었다. 도로 좌우로 즐비하게 늘어선 상가 건물들은 불과 오륙백 미터에서 끝이 나고 마지막 버스 정류장을 지나 앞이 훤하게 열리며 하와이 모텔이 보였다. 사내는 주차장으로 들어가지 않고 트럭을 길가에 세웠다. 형수는 차에서 내리기 전에 일당으로 받은 돈으로 냉장고 값을 계산하려했으나 사내는 극구 손사래를 쳤다. 하와이 모텔 앞에 형수를 내려놓고 사내의 빛바랜 파란 트럭은 반대편 길을 따라 사라졌다.

하와이 모텔은 실내가 어둑했다. 좁다란 통로에 여러

개의 방으로 나뉜 구조도 그렇고 허물어져 가는 벽을 들추면 검은 먼지 저편에서 깊은 허공처럼 입을 벌리고 있는 또 하나의 방 입구가 나타났다. 겨울인데도 마른 곰팡내가 나는 공기가 코로 불쾌하게 밀려 들어오고 쓴 물처럼 고여 있는 얼룩들은 우물 저 밑바닥으로 형수의 기억을 사정없이 가라앉게 했다.

배낭 안에서 비닐봉지 소리가 났다. "파삭." 형수는 방으로 들어가 얼른 가방을 열고 봉지를 꺼냈다. 검은 봉지로 허술하게 싼 그것은 분명 움직이고 있었다. 봉지를 살그머니 벗겼다.

"안 죽었데이!"

형수는 손으로 꺼냈다. 축 늘어져 있지만 살아있었다. 눈을 감은 채로 고개 떨군 모습이 어떤 기억과 겹쳤다. 울컥 치미는 격렬한 구토 증상을 느끼고 형수는 한 발 뒤로 물러섰다. 어째서 형수 곁에 되돌아온 것일까. 노란 부리와 포슬포슬한 털로 보아 아기 펭귄이 분명했다. 바라보고 있는 것만으로도 형수는 숨이 막혀 왔다. 굴삭기의 엔진 소리가 구덩이 근처를 맴돌 때 바들거리는 소리를 낸 검은 비닐봉지를 안고 형수는 입버릇처럼 '괜찮아'라는 말을 반복했다.

"괜찮아."

불쑥 허공에 말을 내뱉었다. 벼랑 끝에 몰렸을 때 형수가 아내에게 겨우 해 준 말이었다. 아내는 그 말을 극

도로 싫어했다. 그럴 때면 형수는 아주 작은 목소리로 숨을 멈추지 않으면 들리지 않을 크기의 음성으로 물었다.

“괜찮아?”

아내는 그렇지 않다고 했다.

“조금만 더 참자.”

볼을 파르르 떨며 아내는 눈에 쏟아질 것 같은 눈물을 머금은 채 뒤도 안 돌아보고 떠났다.

사내가 쓰던 방은 외풍이 심했던지, 길 쪽으로 난 창문에 검은 비닐로 막혀있었다. 해가 비춰들면 눈부셔서 잠을 깨기도 했을 터였고, 검은 비닐은 태양의 열을 흡수해서 추위를 막았을 거라는 짐작이 들었다. 형수는 자리에서 벌떡 일어나 창을 열어젖히고 손으로 비닐을 남김없이 뜯었다. 들판을 달려온 바람이 거침없이 방으로 불어왔다. 너펄거리며 일렁이는 비닐이 바람에 쓸리며 특유의 소리가 났다. ‘부르르’ 떨어 대는 비닐봉지 소리에 형수는 자신도 모르게 몸을 떨었다.

검은 날개가 희미한 불빛 아래서 펼쳐졌다. 노란 부리가 마법처럼 달싹였다. 골똘히 생각에 잠긴 듯 시선은 바닥을 바라보았다. 형수는 아기 펭귄의 다리를 주물렀다. 피부를 덮은 검은 털이 일제히 곤두섰다. 혹여 뻣뻣함이 없어지지 않을까 하는 기대로 주무르는 사이, 단단했던 펭귄의 근육이 부드러워졌다. 형수는 일어나

세면대로 가서 수도꼭지를 비틀었다. 물을 컵에 받아 펭귄의 입 안에 조금씩 넣어주었다. 펭귄은 어린 아들에게 이유식을 떠먹이듯이 천천히 물을 먹였다. 방 안 공기는 강철처럼 힘겹게 휘어지고 귀를 베일 듯 불어대는 바람 소리에 창문에 붙은 비닐은 아이의 울음소리처럼 들려왔다. 악몽 속에 팔다리를 쉼 없이 저어 달려도 제자리에 맴도는 것처럼 형수는 한겨울에 식은땀을 흘렸다.

형수는 사내가 두고 간 냉장고 문을 열었다. 냉장고 안은 사방에 살얼음이 끼어 있었다. 하와이 모텔, 똑같은 모양의 텅 빈 건물들, 허공에 가득한 나약한 빛의 먼지들, 철커덕하고 닫히는 문소리는 124호와 122호, 133호 사이에서 길을 잃었다. 창문에 붙은 완전히 뜯어지지 않은 검은 비닐 사이로 누군가 부르는 소리가 들렸다.

'이건 분명히 나를 부르는 소린데…….'

형수는 아기 펭귄을 품어 안고 방 안에 있던 아이스크림 냉장고 안으로 들어갔다. 무릎이 덜덜 떨렸다. 형수는 왼쪽 맨발로 오른쪽 맨발의 발등을 덮었다. 오른쪽 맨발로 왼쪽 발등을 덮었다. 누리끼리한 맨발은 계속해서 눈밭을 비비고 다녔다. 온몸을 관통하는 전류 같은 것이 빛처럼 흘렀다. 아주 짧은 순간, 형수는 영혼이 씻겨 나가는 것처럼 가벼워지는 것을 느꼈다.

해마가 사막을 건너려면

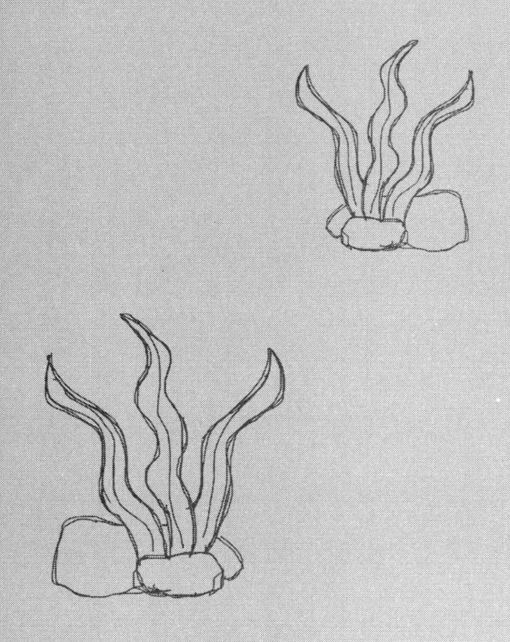

—해마는 대장정에 올랐다. 500만 년 전 인도양에서 해류를 따라 남아프리카 희망봉을 돌아 남아메리카 대륙으로 퍼져나갔다. 나아가 360만 년 전에는 서로 떨어져 있던 남 · 북아메리카 사이 파나마 해협을 통해 동태평양에 진출했다. 폭풍 때 쓸려나간 해마는 해조류나 나뭇가지에 꼬리를 감고 수백㎞ 밖으로 이동한 뒤 새로운 환경에 적응해 정착했다. 수컷의 보육낭 속에는 해마 새끼가 들어있고 독립할 때까지 육아를 전담하며 부성애가 남달랐다. 연구자들은 유전체 분석을 통해 해마의 확산 경로와 시기를 정밀하게 밝혔다.

편집 영상과 자료를 살펴보던 내 눈빛이 흔들린다. 보였다 사라졌다 하던 해마가 해초를 몸에 감은 채 바닷물 속으로 모습을 감추자 카메라맨의 수중 카메라는 바닷속 모래밭을 헤집는다. 꼬리지느러미가 없어서 헤엄을 잘 치지 못하는 해마는 똑바로 선 채 등지느러미와 가슴지느러미 한 쌍을 이용해 천천히 앞으로 나아간다. 물고기 중에서 가장 느린 편이다. 해마는 강한 물살로부터 몸을 지탱하며 균형을 잡으려고 해초나 산호에 꼬리를 감아 매달려 있다.

다큐25 사무실에는 국장이 서너 명의 사람과 이야기 중이다. 어딘가에서 촬영 요청이 들어온 모양이었다. '오지 여행의 메카를 찾아서' 타이틀을 읽으며 나는 가본 적도 없는 드넓은 사하라 사막을 떠올렸다.

"그만한 모험 없이 무슨 촬영을 한다고."

국장은 직원들 앞에서 열을 올리고 있었다. 나는 한쪽 귀로 흘려들으며 얼마 전에 찍은 환경 다큐 편집 작업을 이어갔다. 문제는 편집이었다. 편집은 언제나 내가 본 순서와 달랐다. 사실을 뒤집어 보여주는 것이 편집의 기능이겠지만 자르고 붙이는 과정에서 나는 종종 길을 잃었다. 기획은 그렇다 치더라도 촬영과 편집은 누구의 간섭도 받지 않고 싶었지만, 현실은 그렇지 않았다. 나는 하릴없이 해마의 뒤를 좇으며 시간을 죽이는 중이었다. 갑자기 국장이 나를 불렀다.

"장경수씨, 이번 프로젝트 맡아 봐. 아마, 경천이 고향이지?"

"네, 뭐 생각하기에 따라 그럴 수도……."

"해양쓰레기 집어치우고, 댐이 들어서는 경천군 수몰 지역을 취재해. 찬반 여론이 서로 팽팽하다니 취재원 찾아 연락 취하고!"

내가 미처 대답하기도 전에 국장은 밖으로 나가버렸다. 나는 뒤통수를 맞은 것처럼 어안이 벙벙했다. 경천은 지금도 고모가 살고 있고 아버지의 고향이었으며 내가 어린 시절을 보낸 곳이었다. 경천댐이 들어선다는 소문은 오래전부터 무성했는데 구체적으로 거론된 것은 최근 들어서였다. 환경운동가들이 댐 건설을 반대하며 일부 주민들과 갈등이 심하기도 했다. 경천강을 끼고 흐르는 수려한 계곡과 하얀 모래가 길게 이어지던 강변이 물에 잠겨 더는 볼 수 없을지도 모른다는 생각이 들었다. 어느 날, 아버지가 내게서 사라졌듯이, 경천 아버지의 집도 흔적 없이 사라질 상황에 놓였다.

애써 아버지를 떠올려보려 해도 실제로 아버지 얼굴이 잘 떠오르지 않았다. 나에게 아버지라는 존재는 혈연으로 만들어진 부성이라는, 세상이 가지는 구체성이 사라지고 이상화되거나 관념적으로 각인되어 있었다. 아버지와 고향은 그렇게 이중적으로 겹쳤다. 아버지의 고향은 '좋은 것'보다는 '하염없는 것'이었다. 지붕에 풀이 돋아나 있던 장면, 어른들의 맥없는 눈빛과 퇴락해가는 고향의 풍경들에 근거 없는 향수나 동정이 생겨났다. 세월이 더 흐르면서 아버지도 또 하나의 기둥으로 고향에 존재했다. 실제의 아버지처럼 고향도 사라지면 머릿속에서 결합된 고향과 아버지는 하나의 등가형태로 내게 남을 것 같았다. 지푸라기 같은 막대를 몸에 감고 바다를 떠다니는 해마에 마음을 빼앗기는 이유도 그런 이유였다. 꼬리도 없고 배지느러미도 없지만, 그것은 가장 신비롭고 경이로운 형태로 돌아오거나 돌아가는 중이 아닐까 생각했다. 아버지의 걸음걸이처럼 조용하고 느리지만 이착륙하는 헬리콥터처럼 수직으로 헤엄치는 해마는 홀로 푸른 바다를 떠돌 것이다. 문득, 빈 둥지였을 아버지의 보육낭이 떠올랐다.

한참 책상에 앉아서 생각에 잠겼을 때였다. 전화가 울렸다. 현규 어린이집 원장이었다. 아침 출근길에 맡겨두고 온 현규를 나는 그제야 떠올렸다.

"아빠 언제 와?"

현규가 울먹였다. 전화를 하게 한 것을 보면 현규가 많이 보챈 듯했다. 원장은 현규가 친구들과 잘 어울리지 못하고 보육교사만 졸졸 따라다닌다며 걱정했다.

"현규 몇 시에 데리러 오나요?"

"아, 그게…… 바로 연락드릴게요."

나는 기어들어 가는 목소리로 전화를 끊으며 명주를 생각했다. 다시 하기 싫지만 어쩔 도리없이 명주에게 전화를 걸었다.

"무슨 일?"

"오늘 하루만 현규를 좀…… 갑자기 출장이 잡혔어."

"나도 바빠."

명주의 말투는 여전히 냉랭했다. 이럴 때는 무조건 사정하는 수밖에 없다는 걸 알면서도 나는 우물쭈물 말을 제대로 못 했다. 명주는 포기한 듯한 목소리로 내게 앙칼지게 쏘아붙였다.

"혼자서 키운다며?"

나는 아무 대답도 못 하고 슬그머니 전화를 끊었다. 의자에 몸을 깊숙이 밀어 넣고 한참을 앉아있었다. 일과 육아 중에 어느 것도 내게는 만만치 않았다. 타고 다니는 자동차 장난감을 현규에게 사주기로 했는데 약속을 지키지 못했다. 통장은 이미 바닥났다. 별거 중이라 정신적으로는 잠깐 자유로웠지만 남은 인생을 유유자적하게 지낼 수 있다고 생각한 것은 완전한 착각이었다. 물에 젖은 솜처럼 몸이 무겁게 느껴졌다. 나는 자리에서 일어나 촬영 장비를 가방에 챙겨 넣었다. 예매사이트로 들어가 물내리 고모네로 가는 고속버스 시간을 확인한 후 표를 끊었다. 고모를 본 지가 몇 년 만인지 가늠이 안 되었다.

살인적인 폭염주의보가 내린 날이었지만, 고속 터미널로 가는 지하철 안은 쏟아지는 에어컨 바람에 뺨이 얼얼해졌다. 어쨌든 간에 오늘 현규는 명주의 집에서 하룻밤을 보내게 될 것이었다. 명주는 나에 대한 감정을 종종 현규에게 화풀이했다. 명주의 표적은 현규가 아니라 나였다. 적당한 방법을 찾기 위해 아이를 데리고 집을 나왔다. 벌써 일 년이 흘렀다. 늦은 밤에 깨어나 나를 찾지 않기를 바라며 11시 정각에 경천으로 출발하는 고속버스에 몸을 실었다. 차창 밖은 불볕더위에 가로수들이 가지를 축 늘어뜨리고 있었다. 뜨거운 열기가 검은 아스팔트 위로 피워 올랐다.

아버지는 40년 전에 모래사막에서 사라졌다. 나는 겨우 다섯 살 무렵이어서 내 기억 속의 아버지는 흐릿했다. 어른들의 이야기를 주워들으며 막연하게 아버지를 기억하려 애를 썼다. 아버지는 해외 유전 탐사팀의 현장 인력으로 갔다. 실종되기 직전에 아버지가 보낸 편지 속에 사방으로 펼쳐지는 적갈색 모래밭에서 찍은 사진이 들어 있었다. 중학교 다닐 무렵까지 사진을 본 적 있었지만, 그 후로 사진을 잃어버렸는지 행방을 알 수 없었다. 내가 본 마지막 아버지 모습이었다. 그쪽 지사에서 띄운 헬리콥터는 아버지가 탔던 트럭을 발견했는데 보급기지에서 동쪽으로 수십 킬로미터 떨어진 장소였다고 했다.

사진 속에는 야트막한 사구(砂丘)가 파란 하늘과 맞닿아 있는 지평선 그 위로 시추공에서 나오는 검은 연기만 불길하게 너울거릴 뿐, 사방으로 숨죽인 사막만 펼쳐져 있었다. 아버지는 비장한 표정을 지으며 두 주먹을 불끈 쥐고 있었다. 나는 지각변동을 일으킨 사막의 모래들이 아버지를 쓸어갔을 것이라 애써 상상했다.

엄마를 본 적이 없다. 나를 낳다가 세상을 떠났기 때문이었다. 내내 혼자서 나를 키우던 아버지는 돈을 벌기 위해 사막의 나라 알제리행을 택했다. 나는 아무것도 몰랐다. 부모님 이야기는 나중에 어른들께 전해 들었다. 삶에서 내가 선택할 수 있는 게 별로 없다는 사실을 너무 어린 나이에 알아차렸다.

“경수야, 고모 말 잘 들어. 알았지?”

아버지가 그렇게 말하고 떠나버렸다. 나는 경천에 살던 고모에게 맡겨졌다. 어디에도 비빌 언덕이 없다는 걸 잘 알았기에 그저 뒤돌아볼 틈도 없이 성실하게 살았다. 시도 때도 없이 수만, 수억 년의 세월 동안 풍화된 모래밭이 자주 꿈에 보였다. 그런 증상은 오래 지속되었다.

시가지를 빠져나가자 버스는 빠르게 달렸다. 버스 앞좌석 뒤통수에 ‘당신에게 고향을’이라는 카피가 보였다. 자세히 읽지 않았으면 지방 특산품 통신판매라고 스쳐 갔을 것이다. 자세히 읽어보니 고향이 아예 없거나 잃어버렸다면 고향을 만들어준다는 제안이었다. 사람들이 고향에 대해 자랑할 때 그다지 할 말이 없는 사람이라면 회원 가입 후에 다 알아서 해준다는 말이었다. '누구든지 어딘가에 정겨운 고향이 있다고 말하고 싶을 때 여기 아름다운 당신의 고향이 있습니다' 나는 웃음이 픽 났다. '고향을 판다고?' 프리미엄 클럽 회원에게 특별히 제공하는 특전이 깨알처럼 적혀 있었다. 슬슬 생각이 꼬리에 꼬리를 물었다. 내게 고향이 있었던가. 출생지가 진짜 고향은 아닐 테고 어쩌면 고향은 그것과 다를 것이었다.

나는 여러 도시를 떠돌며 성장한 터라 고향이라고 할 만한 장소가 언뜻 떠오르지 않았다. 있었다고 해도 이리저리 엉켜서 결국은 나를 인격을 갖추도록 영향을 끼친 도시는 더욱 떠올리기는 어려웠다. 형언하기 어려울 정도로 느낌이 솟아오르는 그런 진짜 나의 고향은 어디였을까 하는 생각이 들었다. 버스 좌석에 적힌 광고문구처럼 만약에 누구나 고향을 갖도록 해준다면 저마다 같은 고향 출신이라고, 우연히 말했는데 서로가 동향이라며 어깨를 부여잡고 의기양양할 것만 같았다.

고속버스에서 내려 경천 군내버스를 갈아타고 한 시간에 한 대뿐인 버스 안에서 흔들리는 사이 몇 안 되던 사람들이 모두 내렸다. 무너미 다리 정류장에서 버스를 멈추고 기사는 다 왔다며 나를 불렀다. 버스에서 내려 담배에 불을 붙이고 도로를 바라보니 나지막한 집이 몇 채 보였다. 다행스럽게 종일 뜨거웠던 해는 구름 속으로 숨었지만, 더위의 열기는 여전했다. 무논에서 개구

리들이 끄륵끄륵 울어댔다. 물내리는 희한하게도 별로 변한 게 보이지 않았다. 산도, 들도, 강도, 마을도 그대로였다. 전화로 미리 기별을 알렸지만, 고모 만날 일이 태산처럼 무거워서 발걸음이 쉬이 떨어지질 않았다. 정류장 주변을 서성이다 담배 사러 가게에 들어섰다. 유리문에는 '경천댐 결사반대!'라는 글씨가 큼지막하게 붙어있었다. 살벌한 현장 분위기가 느껴지는 듯했다. 주인이 인사를 건넸다.

"아따, 이기 누구여? 물내댁 조카 아녀?"

"아, 안녕하세요?"

잘 몰라도 아는척하면서 재빠르게 인사하는 것은, 이리저리 떠돌이 생활하며 익힌 철칙이었다. 오랜만에 찾았는데도 나를 알아보는 걸 보면 외지인의 왕래가 거의 없다는 추측이 맞았다. 돌담 모퉁이를 돌자, 짙은 자홍빛 하늘을 가로지르는 감나무 아래 고모네 집이 보였다. 집은 지은 지 수백 년은 된 듯한 오두막이었다. 미리 연락해 놓은 터라 고모는 나를 이제나저제나 기다리고 있었다.

"경수 왔구마!"

고모의 목소리가 바람을 타고 뒷산까지 흩어졌다. 머리에 수건을 쓰고 앞니가 모두 빠져 노인이 된 고모가 툇마루 기둥을 잡고 서 있었다

"고모……."

나는 고모 손을 잡고 말을 잇지 못했다. 감정이 복받쳐서 한참 숨을 고른 뒤 큰절을 올렸다.

"우짜겠노, 다 잊어 불고 맴 편히 지내야지."

해는 그사이에 산 너머로 넘어갔지만, 여름밤은 한동안 훤했다. 고모는 부지런히 부엌을 오가며 마당 끝에 있는 평상에 저녁상을 준비했다. 모처럼 만에 먹어보는 고향의 음식이었다. 시원한 오이냉국을 그릇째 들이키며 내가 경천을 찾아온 이유를 고모에게 말했다.

"경천댐이 곧 들어선다믄서요?"

"조릿대와 참억새도 자라들 않는 산비탈 땅이라 댐이 들어서믄이야 좋겄지만, 인자는 나도 곧 죽을 날 받아 놓고 있는디 여길 두고 어딜 가?"

고모는 이야기하는 중간에 자주 한숨을 쉬었다. 취재 방향과는 다르게 흘러가는 경천의 현실이 혼란스러웠다. 댐이 들어서면 이득을 보는 사람들도 있겠지만, 아니 우선은 얻는 게 있겠지만, 사실 잃어버릴 게 더 많다는 것쯤 나도 알고 있던 부분이었다. 그렇지만 취재 방향은 지역을 살리고 댐이 들어서면 유용한 점이 많다는 쪽으로 몰아가야 했다. 이번 취재에서도 국장의 심기를 건드리면 회사에서 내 책상이 치워질지도 모를 일이었다. 머릿속이 복잡해졌다.

"저 짝 큰 소나무 보이는 데서 왼쪽에 기와집 하나 보이지랴? 저게 느그 아부지 태어난 집이여. 인자 물속에 잠겨 불믄 고향 찾아와도 헛일인데…….”

고모의 입에서 아버지 이야기가 나올 줄 몰랐다. 나는 놀란 표정으로 고모를 쳐다보았다. 쪼글쪼글한 입술을 쉼 없이 오므려가며 혼잣말처럼 중얼거렸는데 내 귀에는 더 들리지 않았다. 나는 아버지 집을 한참 바라보았다. 담도 허물어지고 기와도 다 벗겨진 초라한 집, 아무도 살지 않는 집이었다. 이곳에 오기 전까지는 미처 몰랐다. 그동안 잊으려 애를 썼고, 잊었다고 여기며 살았으며 나와는 아무런 관계도 없다고 믿었다. 나는 카메라를 꺼내 아버지의 집을 촬영했다. 뷰파인더를 뚫어져라 보는데 새 한 마리가 둑에 서 있는 나뭇가지에 앉아 바람 그네를 타고 있었다. 무너미 계곡에는 여름이라 물이 무섭도록 쏟아지고 있었다. 위태로워 보였다. 저 광란의 물길을 무사히 빠져나가 자기가 떠나온 숲으로 새는 날아갈 수 있을까. 카메라를 잡은 손과 내 숨소리가 숲속으로 서서히 가라앉자 나는 카메라를 바닥에 내려놓았다.

“아……버지……요?”

“글씨다. 엄청시리 먼 데라서 오기는 할랑가……그래도 경수 니가 느그 아부지가 붙잡고 있는 기둥 아닌감?”

고모의 눈시울이 붉어진 탓인지 사방에 붉은 기운이 가득했다. 자라면서 어른들에게 한 번도 듣지 못했던 아버지 소식이었다. 적잖이 놀랐지만 애초에 내게 현실감 없던 아버지였다.

"내가 괜히 쓸데없는 말을 혔네."

나는 고모의 넋두리에 물어볼 엄두도 나지 않았지만, 아버지의 소식 중에 몇 개는 맞을 것이고 몇 개는 풍문에 부풀어진 고향 사람들의 말일 수도 있겠다는 생각이 들었다. 아버지는 사막에서 행복했을까를 생각하는 동안 얼마 전, 이혼 서류를 들이밀었던 명주의 차가운 얼굴이 불쑥 떠올랐다. 명주가 알았더라면 비웃을 일이었다. 완벽한 인생은 애당초 없다고 여겼지만, 세상의 다른 집들처럼 나는 별일 아닌 걸로 명주와 옥신각신했다. 때로는 사소한 엇갈림과 자존심 때문에 목숨 걸고 싸웠다. 우리는 각자의 울타리에 잠시 돌아가기로 합의하고 이삿짐을 쌌다. 보채는 현규를 업고 나는 밤이 이슥하도록 공원을 돌아다니며 우는 아이를 달랬다.

나는 아침에 일어나 물내리 이장을 만나 경천댐 건설을 둘러싼 분위기 들으며 함께 현장으로 향했다. 그곳에서 강선생이라는 사람을 만났다. 그는 읍내 초등학교 분교장으로 물내리에 머물며 몇 안 되는 아이들을 지도하는 교사이며 시를 쓰는 시인이기도 했다. 무너미에서 쓴 시를 묶었다며 시집 한 권을 내게 건넸다.

"여름꽃이 예쁘지요? 가끔 은어가 물살을 가르며 튀어 오르기도 해요."

카메라는 무너미 계곡의 여름 풍경을 담는다. 장맛비를 머금은 바람에 수런수런 일렁이는 숲에서 여름이 깊어간다. 엉덩이를 밭에 붙인 채 김을 매는 할머니가 바위 절벽에 새겨진 벽화처럼 멀리 보인다. 세월에 골이 깊어진 영봉, 우산봉은 물내리 마을 앞을 병풍처럼 둘러싸고 있다. 깎아지른 골마다 배어있을 한 많은 사연이 바람이 불 때마다 마을로 쏟아져 내릴 듯하다. 어쩌면 이제는 영상 속에만 남아있을 장면들이다.

경천댐 건설을 통한 개발 보상을 노리는 외지인과 그들 때문에 불어온 투기 바람에 덩달아 들뜬 지역 주민들을 취재했다. 고모가 얘기한 고향에 대한 진심은 어디에도 찾아볼 수 없었다. 댐 건설을 반대하는 사람들과 찬성하는 부류들 사이에 경천은 이미 두 동강이 나 있었다. 카메라는 플래카드가 펄럭이는 장면을 길게 잡았다. 무척 낯선 장면이었다. 수십 장의 현수막이 물고기 비늘처럼 바람에 나부꼈다. 찬성하는 이유나 반대하는 이유가 제각각 그럴듯했지만, 카메라는 본질을 더 깊게 들여다보아야 했다. 경천댐을 건설하려는 결정을 두고 극명하게 갈린 민심을 여과 없이 찍었다. 자본주의적 욕망의 폭주와 반대편에 서 있는 환경 문제의 대립을 실감 나게 영상으로 담았다. 내 생각이나 의견을 피력했다가는 해양쓰레기처럼 편집될 게 뻔했다. 영상에 고스란히 담았지만, 편집 과정에서 어떻게 변할지 모를 일이었다. 취재하는 내내 정신이 없었고 마음이 복잡했다. 취재를 하는 둥 마는 둥 고모네로 돌아왔다.

고모는 커다란 그릇에 어죽을 담아서 권했다.

"자자, 마이 묵으래이."

"요새 쏘가리도 있어요?"

"그거이 가뭄에 콩 나듯 잡혀야."

국물을 한 입 떠 넣는 순간 따뜻한 기운이 몸의 긴장을 풀어지게 했다. 어릴 때 먹었던 고모의 음식 손맛이 그대로였다. 서울에서 짊어지고 온 짐을 내려놓는 홀가분한 맛이었다. 나는 뜨거운 국물을 마시며 기억에도 없던 엄마의 존재를 물었다.

"고모는 엄마 알아?"

기가 막힌다는 표정으로 한숨을 쉬더니 고모는 앞니가 빠진 입을 몇 번 다셨다.

"밥이나 무거라."

나는 이마에 난 땀을 손등으로 닦으며 괜히 헛기침한다. 끝도 없이 갑자기 불안하다. 우주의 바다를 정처 없이 떠다니던 해마처럼 나는 잔뜩 몸을 웅크린다. 잠든 현규를 보육낭에 넣고 세상의 높은 파도를 넘으며 바다로 나아간다. 한동안 말없이 어죽만 먹고 있는 나에게 고모가 묻는다. 꼬질꼬질한 행색이어서 그랬을까. 고모의 질문이 정곡을 찌른다.

"으째 혼자 산당가?"

"요즘 남자 혼자 사는 사람 많아요."

고모가 더 물을까 봐 나는 급히 수저를 놓으며 서울까지 가려면 서둘러야 한다며 일어섰다. 방에 가서 가방을 챙겨 나오니 고모는 지팡이를 짚고 마당에 서 있었다. 고모는 인사를 하는 내 등을 손으로 쓰다듬으며 혼잣말했다.

"등짝을 만져 보이끼네 아직 젊네. 그려, 또 오이라."

모처럼 따뜻한 시간이었다는 생각을 하며 군내버스 시간에 맞춰 정류장에 가서 앉았다. 참았던 담배를 한 개비 꺼내 불을 붙이고 길게 한 모금 연기를 빨면서 하늘을 올려다보았다. 폐에 가득 찬 연기를 코로 내뿜었다. 담배 냄새를 지독하게 싫어했던 명주 때문에 한때 끊었다가 다시 핀 적이 있었다. 그때부터였던가. 담배로 시작된 불만이 이어졌다. 서로 등 돌리는 데까지 긴 시간이 필요하지 않았다.

여름 한낮의 더위는 맹렬했지만, 버스 안은 시원해서 딴 세상 같았다. 창가에 기대 시골 풍경을 바라보았다. 벼도, 풀도, 숲도 푸르렀다. 어디선가 바람이 불어올 때마다 그것들은 저절로 바닥에 누웠다. 세상 사는 법을 일찍 터득한 자연에 깊은 경의를 표하고 싶었다. 국장의 의도와는 다르게 수몰될 위기에 놓인 경천 사람들의 마지막 목소리를 채록했다. 영상에는 사람을 등장시키지 않고 육성만 담았다. 진심을 담고 싶은 욕심이 생겼다. 방송으로 나가지 못할 수도 있었다. 적당히 타협하며 무너미 계곡을 찍은 영상을 넘겨도 되겠지만, 경천만큼은 세상 뜻과 다르게 간직하고 싶었다.

서울로 가는 고속버스 안에는 여전히 고향을 팔고 있었다. 재밌는 세상이었다. 다큐멘터리는 현실을 기록하지만 역시 재구성된 이야기였다. 쓸만한 장면을 추려내서 이리저리 퍼즐 맞추듯 배치해야 했다. 잃어버릴 지경에 놓인 수몰민들의 고향을 어찌할 것인가. 그것을 통해 내게 어떤 의미 같은 건 생각도 하지 않았다. 적어도 물내리에 오기 전까지는. 아버지의 집을 촬영하는 내내 가슴이 헛헛했다. 제작 방향과 상당히 어긋난 부분들은 어차피 편집 대상이었다. 내 삶도 편집하면 조금 나아질까. 설핏 잠이 들어 물내리 꿈을 꾸는 동안 버스는 서울에 도착했다. 아파트로 가는 택시 안에서 명주에게 문자를 넣었다.

'10분 후에 도착. 현규 데리고 내려와.'

바로 답장이 울렸다.

'현규, 6동 놀이터에서 친구들과 놀고 있어. 데려가.'

나는 명주 얼굴을 마주치지 않아서 오히려 편했다. 택시에서 내려 6동 앞으로 뛰어갔다. 현규는 혼자 스카이콩콩을 타고 있었다. 두 발로 점프하면 수직으로 퐁퐁 솟아올랐다. 어린 해마 한 마리가 한여름 푸른 바다를 건너는 것처럼 보였다.

"현규야!"

현규는 뒤돌아보더니 달려와 내 품에 안겼다. 현규를 안고 공중그네를 태워주는데, 때아닌 소나기가 시원하게 내렸다. 나도 현규도 물에 흠뻑 젖었다. 현규를 업고 놀이터 모래밭을 겅중겅중 걸었다. 현규는 재밌다는 듯이 내 허리를 두 다리로 꼭 감으며 깔깔댔다. 집으로 오는 동안 아이는 등에서 잠이 들었다. 아이를 침대에 눕히고 나는 거실로 나와 노트북을 켰다.

카메라에 있던 촬영 장면을 편집기 위에 올려놓고 불러온 파일을 정리한다. 각 클립에서 필요한 장면만을 잘라내는 컷 편집을 진행하면서 잘라낸 클립을 원하는 장소에 배치한다. 컷 편집한 내용을 처음부터 끝까지 재생할 때마다 경천은 내게 매번 다르게 다가온다. 아버지의 집이 나오는 장면에서 화면을 정지시킨 채 잠든 현규를 바라보며 나는 생각에 잠긴다.

시간이 필요한 풍경이다. 시선을 물 위부터 천천히 아래로 내려가 본다. 가을이면 붉은 감을 매달던 감나무가 반은 수면에 잠긴 채 반은 물 위로 접혀있다. 나뭇잎들이 뒤섞인 물이 찰랑찰랑 방에 가득 찬다. 무성한 수초를 젖히며 흙과 모래 사이를 헤치고 물고기들이 헤엄친다. 여기에 오래 머물러도 되겠다고 생각한다. 발이 바닥에 닿는다. 그제야 내가 경천댐 수몰된 고향 집 방에 앉아있음을 안다. 언젠가 한 번은 꼭 들어가 보고 싶었던, 어디에나 있었고 어디에나 없었던 아버지 집이다.

해마는 해조류나 나뭇가지를 꼬리에 감고 수백 km를 이동하여도 새로운 환경에 적응한다. 폭풍이 불어도 파도가 거세게 때려도 자신의 보폭으로 묵묵히 세상을 건넌다. 막막한 미래는 바다처럼 깊고 넓다. 잘못 간 방향을 다시 고치며 클립의 길이를 늘이거나 줄인다. 영상을 앞으로 되감으면 다섯 살 아이로 나는 돌아갈 수 있을까. 칭얼대는 현규를 안고 비로소 아버지 집으로 향한다. 단단히 묶어 미뤄두었던 마음 하나가 스르르 풀린다.

제일상가 사람들

나는 곧 사라진다. 비단 기력이 약해져서거나 통증 때문만은 아니다. 사라져야 할 피치 못할 이유를 나열한 노란 종이가 수십 장씩 벽에 붙어 있다. 푸른색 커튼 사이로 언뜻 비치는 앞마당의 연못은 풀밭으로 뒤덮이고, 등나무 줄기로 가려진 회벽에는 '일'이라는 글자만 남아있고 몇 개의 글자가 바람에 날아갔는지 희미한 흔적만 보인다. 거리 모퉁이에, 창살에, 계단 난간에, 피뢰침 안테나에 곰팡이가 무수히 돋아나 있다. 시간이 흐를수록 내 몸은 점점 쪼그라들고 왜소해지는 것 같다. 고통이 점점 강렬해지면서 감각은 흐릿해진다. 온갖 생각들이 머릿속에 달라붙어 떨어지지 않는다. 성대는 건조하고 목은 묵직한 추를 매달아 놓은 것처럼 무겁게 잠겨있다. 나는 마른침을 삼켜본다. 목 안이 따갑다. 힘겹게 눈꺼풀을 들어 올려 주위를 살핀다. 하늘은 구름 한 점 없이 푸르다. 진한 아카시아 향기가 새벽 어스름을 밀어내며 허파 깊은 곳까지 스며든다.

"안돼!"

소리가 들리는 쪽을 보니 맞은편 재활용쓰레기장이었다. 어찌나 크게 소리를 질렀는지 허물어진 벽이 흔들리고 잠자던 뒷산 새들도 푸르륵 날아올랐다. 그녀는 박스와 폐지 위에 노끈으로 묶인 책 뭉치를 풀고 있었다. 새벽녘의 푸른빛이 그녀의 얼굴 위에 머무르고 있었다.

"유리씨?"

오랜만에 불러보는 이름이었다. 순간, 손을 뻗어 나를 둘러싸고 있는 노랑 쪽지를 모조리 떼어내고 싶었다. 저 푸른빛을 휘저어 흩뜨릴 수만 있었다면, 무겁고도 딱딱한 몸을 뒤척대며 아무 소용도 없는 말을 내뱉진 않았을 것이다. 갑자기 이 세상 소리라는 소리는 다 사라진 것처럼 무거운 시간이 흘렀다. 그녀는 종이 더미 위에 아예 주저앉아 책을 주섬주섬 줍고 있었다. 얼마나 그렇게 시간이 흘렀을까. 소리가 들렸다. 사라졌던 소리가 새벽빛을 흔들며 천천히 밀려왔다. 나는 참았던 숨을 깊게 내뱉었다. 수도관을 타고 흐르는 물소리와 아래층 문을 여닫는 소리가 들리는 듯했다. 나는 벽에 걸린 시계를 올려다봤다. 새벽 여섯 시 이십 분이었다. 언젠가부터 멈춘 시계이니 하루에 두 번만 시간이 맞는 셈이었다. 새벽하늘의 농담濃淡으로 시간을 짐작하는 일이 더 정확했다. 나는 최대한 천천히 심호흡했고 가쁜 호흡을 가다듬었다. 불현듯 현기증이 일었다.

버려진 책을 줍고 있는 여자는 유리씨가 분명했다. 제일상가 사람들은 그녀를 그렇게 불렀다. 난 그녀를 오랫동안 지켜봤다. 세상에서 책을 가장 좋아하던 사람, 큰길에서 한참 들어와 아무도 찾지 않을 듯한 낡은 상가에 책방을 연 주인이었다. 도시의 오래된 골목에서 아이들의 울음소리가 차츰 들리지 않자 언제부턴가 제일산부인과 병원은 점점 몸집을 줄였다. 병원 분만실로 썼던, 공간에 그녀가 기린책방이라는 작은 간판을 걸었던 것도 그런 내력이 있었다.

한동안 인적이 끊겼던 골목에 대형 현수막이 걸렸다. 적당한 후려치기가 먹히는 경고장이었다. 매물로 나온 건물도 아니었다. 그동안은 곧 철거될 것이라는 짐작이 칙칙한 건물 벽의 색깔만큼이나 흐릿하게 소문처럼 들려왔다. 그런 나에게 노란색 카드는 구체적인 예고였다. 안전모를 쓴 사람들이 제일상가를 에워쌌고 그곳은 노란 펜스로 둘러쳤다.

멀리 떠난 줄로만 알았던 그녀가 갑자기 돌아왔다.

말로 표현할 수 없는 구체적인 얼굴이었다. 그녀라는 것을 알아차리는 순간 울컥 눈물이 쏟아질 것 같았지만 나는 주먹을 꽉 쥐고 심호흡했다. 내가 할 수 있는 일이 무엇일까. 그저 울어주는 것, 그것 외에 아무것도 없다는 사실에 어지럼과 경련이 밀려왔다.

버려진 책을 한가득 안은 채 먼지가 잔뜩 낀 기린책방 문을 열고 그녀가 들어왔다. 그녀의 구두 굽 소리가 낡고 황량한 내 등을 간질였다. 잠들어 있던 일곱 마리의 흰 길냥이들이 귀를 쫑긋 세웠다. 예전에도 그랬듯이 그 장면에서 나는 목이 메었다. 거의 숨이 막힐 정도였다. 흰 고양이 가족들은 하나씩 둘씩 비좁은 문 사이로 빠져나갔다. 그녀가 책을 진열하며 말을 이어갔다.

"그거 알아요? 우리가 처음 만났을 때 당신은 저의 꿈이었다는 것을요. 조간신문에 실린 당신 기사를 읽는데 누군가가 송곳으로 제 가슴을 긁어대는 것처럼 아팠어요. 무턱대고 달려왔어요. 당신과 헤어진 후에 아무것도 할 수 없었거든요. 어떤 곳에 가면 유독 설렌다든지 기분이 좋아지는 경험을 할 때가 있어요. 아련한 기억에 남은 추억의 장소일 때 특히 그렇지요. 그곳이 당신이에요. 호흡이 없다는 것, 미세하게나마 들리던 들숨과 날숨소리 없이 마치 벽돌처럼 고요하다는 것이 나를 미치게 만들어요. 일어나 봐요. 누워만 있지 말고. 처음 당신을 찾아오던 기억이 나요. 어린아이에게 길을 가르쳐주듯이 당신은 자세하게 알려주었지요. 골목길에 있던 식당 이름과 창문 모양, 번지수를, 그리고 하늘의 빛깔도 얘기했지요.”

유리씨가 말하는 첫 만남을 나도 잊지 않았다. 전화로 들었던 그녀의 목소리가 청량하다고 생각했다. 제일빌딩으로 오는 길을 그녀에게 차근차근 알려주었던 때가 생각났다.

‘전화 끊지 말아요. 지하철 4번 출구에서 골목으로 접어들면 길이 보일 거야. 왼쪽은 오르막길인데 커다란 교회가 보여. 그 길로 올라오면 미장원과 빵집과 꽃집이 있어. 미장원은 나이 지긋한 아주머니가 하는 곳이고 빵집은 맛있다고 소문나서 날마다 사람들이 줄 서서 기다리지. 길을 따라 조금 더 지나면 보일 거야. 제일산부인과 간판과 부동산이 있는 노란 건물이야. 제일상가라는 글자가 멀리서도 보일 거야. 하얀마트 앞에 서 있는 아가씨가 맞아? 흰색 원피스를 입은?’

“당신은 그렇게 제게 물었지요. 상가 앞에는 아이들이 뛰놀고 있었는데 작은 가방을 메고 있던 사내아이가 있었어요. 너덜너덜해진 벽보가 바람에 날려 골목 안으로 숨고 있었어요. 분만실로 사용했던 공간에 그로부터 한 달 뒤 나는 기린책방을 오픈했어요. 책을 고르고, 진열하고, 찾아오는 사람들과 책 이야기 나누다 보면 하루가 언제 가버렸는지를 몰랐어요. 그들의 독특한 습관과 말씨, 그리고 마음 씀씀이가 기억나요. 대체 그들은 모두 어디로 갔을까요? 한때 우리의 옛사람은 그 시절로부터 멀어질수록 흐릿한 윤곽으로만 남아있어요. 세상은 빠르게 변하고 있는데 저는 항상 뒤처지기만 해요. 자꾸만 발꿈치를 들어보아도 당신은 보이지 않았어요. 그런데 죽다니요! 사라지다니요! 얼굴에 얼룩이 생겼잖아요. 울지 마세요. 당신이라고 돌아갈 곳 없겠어요? 우리 옛사람의 시간으로 살면 되지 않을까요? 제 친구들은 저를 두고 퇴행적이라고 하는데요. 상관없어요. 다시 꿈을 꾸기로 마음먹었거든요. 아, 저도 이제 여기저기 아파요. 맥박과 심장이 제멋대로 뛰어서 약을 먹어요. 관절이 쑤셔서 기린책방으로 오면서 여러 번 쉬었어요. 먼지 앉은 책장을 닦고 주워 온 책을 진열해요. 군데군데 찢어지고 뜯긴 책을 펼치고 읽어봐요. 문장이, 단어가 입 안에서만 맴돌아요. 너무 멀리 가지 말자고…….”

그녀는 휑하게 비어 있는 기린책방의 한 장소를 지금도 사랑하고 있다는 이야기를 나에게 길게 말한다. 연노랑 벨벳 쿠션이 놓인 안락의자에 앉아 나를 뒤돌아보며 올려다본다. 세상 끝까지 갔다가 온 사람처럼 지친 얼굴이다.

책방을 찾던 사람들의 발걸음이 하나둘씩 뜸해질 무렵이었다. 시를 쓴다며 자신을 소개하던 한 청년이 그녀의 가게를 찾았다. 유리씨와 그 청년은 종종 밤을 지새우는 시간이 많았다. 늦은 밤까지 둘의 웃음소리는 간간이 이어졌다. 기린책방을 비추던 따뜻한 불빛이 오래 갈 줄 알았다. 하지만 어느 날, 그녀는 내게 날벼락 같은 고백을 했다.

"비밀인데, 말해야겠어요. 그 사람을 좋아해요. 배가 자꾸만 부풀어 올라서 여길 잠시 떠나야겠어요."

"여기 머무르면 안 되나요?"

나의 대답이 그녀에게 가 닿았는지 잠시 난처한 표정을 짓던 그녀가 고개를 좌우로 저었다.

"일이 잘 풀리면 아이랑 같이 돌아올 수도 있겠지요."

"……."

나는 더 이상 그녀를 잡을 수 없었다. 청년과 그녀가 같은 건물에 있던 교회 문을 열고 들어가는 것을 자주 보곤 했다. 병원이 아니라 교회를 찾는 두 사람을 보면서 어쩌면 일이 잘 풀리겠다는 생각이 들었다. 기린책방 책들은 주인을 잃어버리고 한동안 버려졌다. 가게는 고양이 가족들의 은신처가 되어갔다.

얼마 지나지 않았을 때다. 시를 쓴다던 그 청년이 찾아와서 월세를 감당 못해 기린책방을 닫기로 했다면서 재활용 폐지수거함에 책을 몽땅 버리고 갔다. 그녀의 모습은 어디에도 보이지 않았다. 그녀가 목숨보다 더

아끼던 책들이 내 등 너머로 수북이 쌓여있었다. 그 광경을 바라보는 내 마음은 참담했다. 흰 고양이들은 책더미 주변을 떠나지 않고 그것들을 지켰다. 그녀는 아이를 낳았을까.

사면의 벽과 지붕에 물이 새고 옥상에는 쐐기풀이 가득한 건물에는 얼마 전부터 사람들이 떠나고 고양이들만 드나들었다. 기린책방의 그녀도 돌아오지 않고, 더 이상 동네에 아이들은 태어나지 않았고, 의료사고가 터지자 경영에 어려움을 겪던 병원도 문을 닫았다. 거래가 끊기자 부동산도 문을 닫았다. 그렇게 속 빈 강정처럼 바람 소리만 들으며 견딘 시간이 헤아릴 수 없을 정도로 나에겐 긴 시간이었다. 사람들의 인적이 끊어진 그곳에는 축축한 악취가 항상 풍겼고 잘 곳이 필요한 짐승들이 찾아들었다. 그동안 수없이 간판이 바뀌던 가게들이 더러 있었지만, 그 또한 오래 버티지 못하고 문을 닫았다.

흉물스럽다며 사람들은 제일상가를 멀리했고, 건물이 앉은 땅은 시유지라서 함부로 개발할 수 없었으니 더욱 그랬다. 건물의 권리만 가진 사람들은 시를 상대로 지루한 싸움을 했지만, 아무 일도 일어나지 않았다. 그런데 신문에 대문짝만하게 제일상가 사진이 실렸다. '도시 재정비 사업 발표 - 삭막한 도시에 이야기를 담다.' 라는 부제로 낡은 건물을 허물고 공원을 만든다는 기사였다. 주어진 유예 기간이 코앞이었다. 그토록 애틋했던 모든 풍경이 흔적도 없이 한 방에 사라질 것이다. 놀란 유리씨가 한달음에 달려왔듯이, 또 누군가가 제일상가로 오고 있을지 모를 일이었다.

그는 칠십 대의 흰 머리카락을 단발처럼 기르고 키는 평균보다 훨씬 컸다. 감색 양복을 입었고 하늘색 셔츠는 옷깃이 벌어져 있었다. 그는 건물 앞에서 몇 번 기웃거리더니 곧장 2층으로 향했다. 나는 좀 더 가까이서 그를 관찰했다. 희끗희끗한 눈썹 아래 커다란 눈, 우뚝 솟은 코, 거동과 몸짓에서 배어 나오는 당당함, 세월이 흘렀지만 단박에 그를 알아볼 수 있었다. '조두진 제일산부인과' 원장이었다. 결코, 돌아오지 않을 거라고 단언했던 사람이었다.

오래전 일이었다.

'낙태 수술 후 ○○○ 중태'

조두진 제일산부인과는 하루아침에 세간의 이목이 쏠렸다. 피해 가족들이 병원으로 몰려와 진료는 중단되었고 급기야 조원장은 조사받기 위해 포토라인에 섰다. 쏟아지는 기자들의 질문에 그가 힘겹게 입을 뗐다.

"빨리 진실이 밝혀지기를 바랍니다."

그토록 당당했던 그의 목소리가 떨렸다. 그날 이후로 그는 병원에 나타나질 않았다. 진실이 밝혀졌는지는 알 수 없었다. 어느 날 병원은 문을 닫았고 의료기기들은 어딘가로 헐값에 팔려나갔다. 그나마 제일상가에서 가장 넓은 공간을 썼던 병원에서 단 한 건의 탄생도 일어나질 않았다.

나는 가능한 한 부드러운 소리로 인사를 건넸다.

"조두진 원장님 아니십니까?"

그가 사라진 후, 처음으로 그에게 말을 건넸으나 철제 덧창이 내려진 병원 현관문이 나의 인사를 잘라버렸다. 조. 두. 진. 원. 장……. 글자들이 바닥에 떨어졌다. 나는 혹시 저 남자가 오래전부터 스스로 병원에 갇혀 지낸 것은 아닐까 하는 의구심이 들었다. 그는 잠시 멍하니 병원 안을 둘러보다가 창밖으로 시선을 던지고 있었다. 무슨 생각을 저리 골똘히 하는지 나는 그를 대하며 심지어 조심스럽기까지 했다. 그는 나이가 들었지만, 여전히 옆모습의 윤곽이 뚜렷하게 드러났다.

그를 처음 보았을 때 그의 나이는 마흔 후반쯤이었다. 제일상가에 개업하자마자 병원은 사람들 사이에 입소문을 탔다. 멀리서도 병원을 찾아오는 이들이 많았는데 그런 경우는 대부분 아이를 원치 않는 경우였다. 때로는 먹고 살기가 너무 힘들어서, 아무것도 모르고 저지른 일이라서, 도와줄 사람이 아무도 없다는 이유로 줄지어 병원을 찾았다. 조두진 원장은 휴일 없이 바빴다. 돈을 많이 벌었다는 소문도 무성했지만, 그는 점점 말을 잃어갔다. 분만실에는 피비린내가 진동했고 폐기물처리 봉투는 검붉은 핏덩이로 채워졌다.

"아이가 살아있었어."

창밖에 핀 붉은 칸나를 바라보다 태연하게 중얼거리던 그의 입술이 일그러지기 시작했다. 그의 기억 속에 각인되어 있던 꽃이었다. 병원의 작은 발코니에는 해바라기, 붓꽃, 채송화 사이에 어김없이 칸나가 피었다. 그는 유달리 칸나를 좋아했다. 그가 떠나던 날에도 칸나는 붉디붉게 피어있었다. 선혈처럼 붉은 꽃. 그 이듬해, 그다음 해에도…… 칸나는 피고 졌지만 오지 않는 신문처럼 그의 소식을 알 길이 없었다. 그의 모습을 보려고 칸나는 꽃대를 더 위로 뽑아 올렸을까. 쭉 뻗은 줄기 끝에 흐벅지게 달린 꽃잎이 그의 시선을 온통 사로잡고 있다.

"이봐, 자네는 눈치채고 있었겠지만 난 무척 두려웠어. 애써 핏덩이일 뿐이라고 변명했지만 헛수고였어. 밤마다 잠을 잘 수가 없었지. 다른 사람들은 그렇다 치고라도 스스로 견딜 수가 없었어. 사고가 일어난 날, 차라리 마음이 편안했어. 벌을 받는구나, 하는 생각이 들었어. 이 두 손으로 그동안 무슨 짓을 저지른 건가. 정신이 번쩍 들었어. 죗값을 치르고 나와 나는 의사라는 직업을 버렸어. 태평양 바다를 건너갔지. 거긴 나를 알아보는 사람들이 없으리라 생각했어. 나는 사람을 살리는 의사가 아니었던 거야. 수많은 생명을 앗은 내 두 손을 잘라버리고 싶었어. 하지만 비겁하게도 겨우 오른손 검지를 하나 버렸네. 그 후로 신학을 공부했어. 그렇게 매달리지 않고서는 살 수가 없었지. 나는 어이없게도 살려고 신에게 매달렸어. 신은 어디에서나 있었고 때로는 아예 없을 때도 많았어. 어쩌면 신은 모든 살아가는 과정 안에 있었는지도 모를 일이지. 사람 사는 곳은 어디나 마찬가지더군. 나는 술을 마시면 옛집을 찾아가는 버릇이 있어. 아무튼 미래의 집을 찾아갈 수 없잖아. 어디에 있는지 모르니 말이야. 그럴 때마다 이곳이 그립기도 했고, 그런 걸 보면 나도 얼마 남지 않은 거 같아. 마침, 자네 소식을 듣고 이렇게 달려왔네. 고통의 시간이 지나면 편안해질 걸세. 자네를 위해 내게 기도할 기회가 주어진다면 좋겠네. 참으로 뻔뻔한 소리지?”

그는 나무로 만든 좁은 계단을 통해 다락방으로 올라갔다. 어두컴컴한 그곳은 병원에서 그가 가끔 혼자 있고 싶을 때 찾는 공간이었다. 발을 내디딜 때마다 먼지가 풀썩거렸다. 인생의 먼 길을 돌아온 초로의 남자가 작은 책상 앞에 무릎을 꿇었다. 낮은 중얼거림은 부유하는 공기처럼 대기를 떠다녔다. 내 몸 어딘가에 그의 중얼거림이 가라앉기 시작했다. 뒤이어 남자의 어깨가 들썩거렸다.

나는 진심으로 긴 시간 동안 그가 잊기 위해 애썼던 많은 것들도 제일상가라는 이름을 가진 나와 함께 사라져 주기를 빌었다. 결단을 내리고 행동에 옮길 때까지 그 시간의 간극이 팽팽하게 부풀어 올라 견딜 길이 없지만, 아직 내 몸에 희미하게나마 피가 돌고 심장이 뛰고 있다는 사실은 분명했다.

좁다란 골목 끝에 할머니와 사는 동화가 걸어온다. 학교에 다녀오나 보다. 요즘 동화에게 새로운 취미가 생긴 것 같다. 골목 구석구석 누비며 하찮은 것들을 기록한다. 그제는 달팽이와 한참 놀더니 들고 다니던 고물 휴대폰으로 사진으로 남긴다. 동화의 사진 속에는 달팽이가 살아 숨 쉰다. 구멍 숭숭 뚫린 동화네 담벼락, 외진 곳을 돌아다니는 고양이들, 할머니와 지팡이, 그리고 내게 요모조모 질문을 던지며 꼼꼼하게 적는다. 또래 아이들보다 키가 작고 얼굴이 동그랗다. 머리카락이 꼬불거려서 귀여운 인상이다. 폐지 줍는 할머니를 돕기도 하지만, 혼자일 때가 더 많아 보인다. 열세 살 아이지만 제법 어른스럽다. 녀석은 엄마의 얼굴을 모른다. 동화는 할머니 앞에서는 엄마에 대해 입을 다물지만, 가끔 내게 오면 엄마 이야기를 풀어놓는다.

"하이! 동화."

항상 일정한 시간에 오지 않아서 나는 녀석을 기다리지만 무척 반가웠다.

"안녕."

동화도 팔을 뻗어 힘껏 손을 흔들었다.

나는 배를 앞으로 쭉 내밀어 낡은 문을 덜컹 열었다.

"동화야, 지난번 약속했던 곳을 볼래? 어쩌면 이젠 영영……."

"정말 궁금했어요."

"실은, 병원을 닫은 지 오래전이라 아무것도 없지."

"그래도 엄마와 제가 처음 만난 장소잖아요."

동화는 계단을 폴짝폴짝 뛰어 2층으로 올라갔다. 병원 간판의 글자들은 다 떨어지고 위태롭게 두 글자가 매달렸다.

"…부……인……."

동화는 떠듬떠듬 간판을 읽었다. 바닥에 뒹구는 플라스틱 소변기와 낯선 냄새가 그곳이 병원이었다는 흔적일 뿐, 어디에도 동화의 엄마는 보이질 않았다. 동화는 내가 일러준 대로 천천히 복도를 걸었다.

찢어진 벽지에서 이상하게도 묵은 냄새가 아니라 비릿한 풋내가 풍겼다. 동화는 자신을 둘러싸고 있는 세상 모습을 기억이라는 공간으로 저장하고 있었다. 나무 의자에 앉아 긴 복도를 바라보던 동화는 기린책방이라는 작은 팻말이 뚫어져라 바라보더니 슬금슬금 다가갔다. 마음속에 맺혔던 매듭을 손바닥으로 누른 채 동화는 문을 열었다. 바스락대는 소리가 들렸다. 동화는 소리가 나는 곳으로 뒤돌아보았다. 흰 원피스를 입은 여자가 서 있었다. 동화는 "엄마"하고 나지막이 불렀다.

그러자 여자는 풍선처럼 가볍게 날아 올랐다. 동화가 고개를 가로저으며 다시 보았을 때 엄마는 사라지고 하얀 비닐이 바람에 날려 깨진 유리창 안으로 숨어들었다. 나는 물고기의 부레처럼 펄럭이는 비닐을 안아 구석으로 밀어두었다.

적막감이 감도는 그 방에서 동화는 두 시간째 벽에 등을 기대고 앉아있다. 고작 열세 살인데 세상을 다 살아버린 듯한 표정이다. 동화는 시를 적어 둔 노트를 꺼낸다.

*'열무 삼십 단을 이고 시장에 간 우리 엄마 안 오시네, 해는 시든 지 오래 나는 찬밥처럼 방에 담겨 아무리 천천히 숙제해도 엄마 안 오시네, 배춧잎 같은 발소리 타박타박 안 들리네…….'

"있잖아요. 담임 선생님이 읽어준 건데 도대체 시인은 어떻게 내 마음을 알았을까요?"

"시인도 엄마를 기다려 본 사람이지."

동화는 쪼그리고 앉아 끄적거리고 있다.

'바람 빠진 자전거 바퀴, 분만실, 기린책방의 책장 넘어가는 소리, 할머니의 기침 소리, 하늘과 구름, 무심코 듣는 심장 박동 소리…….'

나는 멀찌감치 떨어져 녀석의 노트를 훔쳐본다.

'집이 높아서 경치는 좋은데 좁고 구불구불한 골목을 한참 걸어 올라와야 해서 폐지를 실은 수레를 끌고 오시는 할머니가 늘 걱정이에요. 낮에 오가는 사람도 별로 없으니 저는 심심할 때마다 이곳에 와요. 할머니는 몸이 바스러져도 제 뒷바라지 해 준다고 했는데 저는 그것보다 할머니가 정말 걱정이에요. 엄마가 돌아오기 전에는 이사 갈 수 없는데 말이에요. 그래서 우리 동네를 사진으로 찍어 놓아요. 잊어버리기 전에 연필로 꾹꾹 눌러 써요. 할머니, 할머니가 걱정…….'

나무 계단을 내려오는 발소리가 들렸다. 동화는 노트를 덮고 소리 나는 쪽을 보았다. 계단을 내려오는 사람은 머리카락이 허옇게 세어버린 조두진이었다.

"누구세요?"

"나는 여기 있던 병원 주인이란다."

"그럼, 할아버지는 우리 엄마를 알겠네요."

"엄마?"

"네, 우리 엄마요."

"네 이름이 뭐냐?"

"동화……."

"아, 많이 자랐구나. 네가 동화라니……."

"엄마를 알아요?"

"그럼, 너를 내 손으로 받았는걸."

동화 엄마는 참 고왔다. 바늘 다발 같은 햇살이 살 속으로 파고들던 여름의 끝자락 한 임산부가 병원 문을 열고 들어왔다. 푸석하게 부은 얼굴이 무척 지쳐 보였다. 그날 밤새 진통을 겪다가 새벽녘에 아기를 낳았다. 장맛비가 밤새 퍼붓다가 말게 개인 아침이었다. 병실에 가보니 아기만 있고 산모가 없어졌다. 남긴 쪽지에는 동화라는 이름만 써놓고 가버렸다. 성치 않은 몸으로 눅눅하게 젖은 새벽길을 서둘러 떠나버린 동화 엄마 소문이 동네에 쫙 퍼졌다. 어느 날, 골목 마지막 집에 혼자 사시던 할머니가 병원에 오셔서 아기를 안고 갔다.

"동화야, 할머니 잘 계시니?"

"……네."

동화는 한참 머뭇거리더니 겨우 대답한다. 조원장과 동화는 풀꽃들이 피어있는 앞마당을 내다보며 서 있다. 어두운 실내로 비쳐 드는 햇살에 반사되어 둘의 모습이 무척 비현실적으로 보인다.

"친구야."

나를 부르는 동화의 목소리가 메아리처럼 아득하게 들린다. 녀석의 카메라가 건물 구석구석을 훑다가 '일'이라는 글자만 남은 건물 간판에 오랫동안 머물고 있다. 푸슬푸슬 공중에 흩어지는 지난 시간을 불러 모은다.

"나는 흐르는 물 위에 슬픈 운명을 타고난 건물이다. 이름은 제일상가, 나이는 반백 살이다. 누가 물으면 이렇게 대답해야 하는데 혀끝에서만 맴돌며 말이 어눌해진다. 가끔 물에 비친 내 모습을 보게 된다. 제일이라는 이름이 꼭 필요했을까, 하는 생각은 지금도 의문이 들지만, 새로 들어서는 요즘 건물도 어쩐 일인지 낯설기는 매한가지다. 당시로서는 상당히 새롭거나 앞서간 것이 분명하다."

아무튼 보기 드물게 물길 위에 탄생한 철근 콘크리트 건물이었다. 솟아오르는 듯한 천장과 거대한 목구조가 드러난 프레임, 두꺼운 벽이 특이했다. 흐르는 물소리가 발아래에서 쉼 없이 들렸지만, 사람들은 제일상가가 하천 위에 서 있다는 것을 종종 잊어버렸다. 나도 그랬다.

골목 끝에서 할머니가 동화를 찾는 소리가 들렸다.

"동화야!"

"앗, 할머니가 부르신다. 네."

동화는 계단을 급히 내려가 골목으로 뛰었다. 할머니는 강아지 메리를 앞세우고 손짓하고 계셨다. 단숨에 달려오더니 동화 품에 안겼다.

동화네 집은 예전에는 초벽만 바른 집이었다. 귀뚜라미가 와서 울고 벽 틈으로 별들이 보이고 달빛이 하얗게 새어들었다. 동화가 초등학교 들어갈 무렵, 봉사 단체에서 집을 부분적으로 보수해 준 적이 있었다. 동화의 기억은 그즈음부터였다. 그렇게 저렇게 이제는 다시 돌아갈 수 없는 세월이 흘렀다. 사람들은 더 나은 동네로 하나둘 떠나갔지만, 동화와 할머니는 그 집에서 떠나지 않았다.

"할머니, 찰칵!"

마늘쪽 같은 할머니의 얼굴은 동화의 핸드폰에 야무지게 저장되었다.

"할미 얼굴을 뭐 하러 찍어?"

"그냥요."

"제일상가가 들어서기 전에는 요 앞 냇가에서 고기 몇 마리 잡아 냄비에 자글자글 끓여 먹었어."

"또 그 얘기?"

요즘 들어 할머니의 기억은 군데군데 흐리거나 지워졌거나 비틀어지기 시작했다. 아주 오래전 기억은 선명하게 말하지만, 동화를 제대로 못 알아볼 때가 한두 번이 아니었다. 나 또한 그런 오류가 더러 있었다. 그럴 때마다 나는 유리알이 튕겨 나가는 것처럼, 번쩍 눈을 떴다. 무언가 이상했고 적막한 공기에서 불길한 기운이 느껴졌다. 눈에 보이지 않는 마른벼락이 몸뚱어리에 수천 갈래의 균열을 생기게 했다.

"새로운 땅이 있다고!"

안전모를 쓴 사내들이 다급하게 뛰어다니며 내게 들리도록 외쳤다. 새로운 땅에 대한 정보는 들불처럼 번져나갔다. 수천 장의 노란 경고장이 비늘처럼 내 몸에 달라붙어 바람 소리를 내며 울어댔다. 나는 세차게 몸을 비틀며 으스러지듯 가슴을 움켜쥐고 바람 앞에 고개를 숙였다. 두려움도 공포도 아니었다. 형언할 수 없는 감정이 소용돌이쳤다.

책방 주인 유리씨와 조두진 원장이 동화를 중심으로 빙 둘러서 있다. 그들의 어깨에 저녁 해가 설핏 기운다.

"곧 시작될 거요."

조두진 원장의 목소리가 바짝 마른 나뭇잎처럼 파르르 흔들렸다. 나는 바위 속에 숨은 짐승처럼 숨소리가 거칠어졌다. 다시 주변을 둘러보았다. 하늘이 조금 더 붉어졌을 뿐 달라진 것이 없었다. 나는 내 삶을 주름잡듯이 앞으로 당겨 살아버린 것처럼, 피로감이 몰려왔다. 노을이 사위어가는 서쪽 하늘을 배경으로 그들은 둥글게 손을 잡고 서 있었다. 그들의 모습이 점점 뭉개지더니 멀어지고 있었다.

"안녀어어엉……."

동화의 목소리가 꽃송이처럼 떨어져 내렸다. 중심을 잃은 내 어깨가 내려앉으면서 몸이 기울어졌다. 나는 자신을 다독이며 바람에 흔들렸다. 그 정도가 최선이었다. 내 몸에 난 균열은 사실은 바람에 약했다. 언제 무너질지 불안한 징후를 나는 평생 안고 살았다. 이제 곧 맑은 물이 흐르는 개울이 나타날 것이다. 내 발치에 흐르던 물길이 환한 빛을 보는 순간 새로운 희망이 솟을 것이다.

조두진 원장은 기울어진 내 몸을 두 손으로 받쳐 드

는 시늉을 한다. 그의 오른손에는 검지가 없다. 스스로 잘라버린 그의 손가락이 아득한 시간을 떠올리게 했다. 그의 네 손가락이 움직일 때마다 구불구불 늘어진 흰 머릿결 사이로 반듯한 이마가 드러났다. 우뚝 솟은 콧날 아래로 깊은 인중의 입술이 뭉그러졌다. 나는 참았던 숨을 길게 내쉬었다. 비늘처럼 바람에 흩날리는 노란 종이가 일제히 날아올랐다.

제일상가에서 탄생한 동화는 할머니와 유리씨 손을 잡은 채 멀찌감치서 나를 바라보았다. 나는 한 마리의 앨버트로스처럼 상승 기류를 타고 있었다. 새로운 땅으로 나아가는 길 위에 서 있었지만 아무런 느낌이 들지 않았다. 그저 경고장을 흔들어 대는 세찬 바람을 맞고 있을 뿐이었다. 나의 숨통을 단번에 끊어 놓을 수 있는 기술과 빠른 방법을 위해 안전모들은 분주하게 뛰어다녔다.

나는 문득, 영롱한 눈으로 세상을 내려다보며 신생아의 호기심처럼 경이로웠던 순간들이 생각났다. 반백 년 전의 기억은 너무도 선명했다. 새벽과 한낮의 햇빛이 달랐고, 제일상가에는 날마다 태어나거나 태어나지 못하는 아이들로 넘쳤다. 끝없는 의문이 내 안에서 꼬리를 물고 생겨났다. 그렇지만 아무도 나에게 알려주지 않았다.

나는 고양이 가족들을 안전한 장소로 떠나게 했다.

안전한 곳은 이 세상에는 없다는 걸 알면서도 애써 눈 감고 등을 떠밀었다. 고양이들도 나와 한 몸이 된 것처럼, 오랫동안 서로 끌어안고 살았다. 그들이 떠나기 전에 날카롭게 우는 소리가 들렸지만 이내 잠잠해졌다.

실핏줄 같은 균열이 이어진다. 내 몸의 중심을 쪼개고 내려온 가느다란 실금이 꿈틀거린다. 솟구친 무릎과 흘러내린 어깨가 금방이라도 주저앉을 태세다. 속살을 드러낸 옆구리는 녹슨 철근이 뼈대처럼 엉켜있다. 나는 지금 우아하게 바닥으로 내려앉는다고 상상한다. 시작도 끝도 없이 불어오는 바람은 자욱한 흙먼지를 몰고 올 것이다. 나는 유리씨에게, 조두진 원장에게, 동화에게 다급하게 인사를 전한다.

"또 만나요!"

내 말을 알아들었는지 모르겠지만 그들은 오랜 친구와의 이별처럼 슬픈 표정을 하고 있었다. 나의 부러진 다리가 고장 난 시계추처럼 덜렁거렸다. 재빠른 안전모들의 활약이 돋보이는 순간이었다. 우후죽순처럼 불거져 나오는 폭발음에 이어서 와르르 나머지 어깨도 쏟아져 내렸다. 몸이 나른해지며 맥이 풀렸다. 눈앞에서 벌어지는 광경을 두고 그들은 도무지 믿지 못하는 기색이 역력했다. 동화가 나를 향해 뛰어오다 무언가에 발이 걸려 넘어졌다. 안전모들이 떼를 지어 나타났다. 동화를 막아서는 안전모들을 보면서 나는 마음이 편치 않았다. 어디선가 흰 고양이 한 마리가 경고장을 입에 물고 재빠르게 야산 쪽으로 달아났다. 푸르스름한 저녁 하늘의 안개처럼 시간이 흐르고 풀어지기를 반복했다. 웅크린 태아처럼 부푼 배를 안고 떠났던 유리씨가 자장가를 불렀다. 조두진 원장도 온몸을 들썩이며 기이한 목소리로 따라 불렀다.

동화가 찍던 영상은 마지막 장면에서 잠깐 페이드아웃이 된다. '쾅' 소리가 나면서 페이드인이 되면서 불길이 치솟아 오른다. 회오리바람이 그들을 삼킬듯하다. 두 번째 '콰쾅' 하면서 제일상가는 삽시간에 무너져 내린다. 굉음을 몰고 온 먼지구름이 기둥처럼 솟아오른다. 안개처럼 먼지가 잦아들 때쯤 안전모들이 빙 둘러서서 일제히 물을 뿌린다. 나는 사라지고 건물 잔해 위에 떨어지는 물소리만 가득하다. 어디선가 바람이 불었고 새로운 땅이 쓸쓸하게 펼쳐진다. 동화는 그저 그 광경을 보여줄 뿐이다. 나에게 아무런 설명도 곁들이지 않는다.

*기형도 詩

먼지 폭풍

바늘이 툭 부러졌다. 바늘 아랫부분은 달아나고 뭉툭한 윗부분만 짧은 다리로 서 있다. 나는 안절부절못하다 의자에서 일어난다. 작업대 아래 칸에 있는 작은 상자를 뒤진다. 새 바늘이 보이지 않는다. 난감한 심정으로 사방을 두리번거린다. 몸 깊은 곳에서 묵직한 통증이 또 시작된다. 근원을 알 수 없는 통증에 의식이 아득해진다. 마른 수수깡 같은 손이 내 아랫배를 쓰다듬는다. 힘겹게 눈을 뜨면 손은 찰나에 사라진다. 외할머니의 얼굴이 환영처럼 스친다. 배를 움켜잡고 의자에 앉는다. 재봉틀에 꽂힌 부러진 바늘을 손끝으로 만지작거린다. 각질이 일어난 남편의 발바닥처럼 표면이 까칠하다. 오늘 아침 집을 나설 때까지도, 죽은 듯 돌아 누워

있던 남편. 이불 밖으로 삐져나와 있던 그의 굳어진 한 쪽 발이 바늘 위로 어룽거린다.

라디오에서 시내와 외곽을 잇는 도로의 교통정보가 흘러나오고 있다. 아나운서는 현장 통신원을 전화로 연결한다. 막바지 여름휴가를 떠나는 차량이 줄지어 서 있는 고속도로 상황이 전해진다. 나는 벽시계를 올려다본다. 내가 매일 듣던 방송이 시작되려면 한 시간은 기다려야 한다. 바닥에 흩어진 헝겊 조각들을 빗자루로 쓸어 모은다. 열어놓은 창문으로 삼복더위의 열기가 밀물처럼 덮친다. 길 건너 얼음집에서 내다 버린 얼음 조각이 불판 같은 아스팔트 위에 녹아 신기루처럼 피어오른다. 허름한 내 자전거가 가게 모퉁이에 삐딱하게 서 있다. 나는 재봉틀 앞에 앉아서 내리막길을 뚫어져라 바라본다. 거리는 한산하다. 아무도 지나가지 않는다. 강렬한 햇빛은 부딪히는 곳마다 반사되어 번쩍거린다. 아랫배에 무거운 돌을 올려놓은 듯 지긋한 통증은 계속된다. 오가는 사람 하나 없이 거리는 조용하고, 문밖은 거짓말처럼 잠잠하다. 무능한 자의 게으른 눈빛처럼 엎드려 있는 낡은 집들과 해묵은 풍경이 낯설다.

내가 일하는 수선집은 도시의 빌딩 숲 전체가 훤히 내려다보이는 산동네에 자리 잡고 있다. 가게랄 것도 없다. 군데군데 칠이 벗겨져 을씨년스러운 창고 같은 건물 한 귀퉁이에 붙어 있다. 처마를 이어 붙여서 건물과 건물 사이를 어설프게 막아놓아서 노점이나 별반 다름이 없다. 탱화 그리는 영선 언니의 작업실 옆에 처마를 이어 붙인 자투리 공간이다. 재주라고는 외할머니께 배운 바느질뿐이다. 끼니를 해결할 수 없을 만큼 막막했을 때, 외할머니와 인연이 있던 영선 언니 가게 옆에 수선집을 차렸다.

가게 옆에는 동남 페인트가 있으며, 길 건너 맞은편에는 얼음집과 골목 부동산이 난쟁이처럼 나란히 줄지어 있고, 은혜피아노 학원 옆 공터에 아이들은 보이지 않고 누렁이 개 한 마리가 늘어지게 자고 있다. 행복세탁소 앞 종점 정류장에는 시골 버스처럼 느릿하고 텅 빈 마을버스가 손님을 기다리고 있다. 여름 휴가철이라 가게마다 개점휴업이지만, 얼음집 최씨 혼자 바쁘게 얼음을 배달 트럭에 싣는다.

어느새 등줄기에 땀이 흥건하다. 목이 꺾인 채 사방으로 흔들리는 선풍기 머리를 찢은 헝겊으로 칭칭 묶었다. 한 곳으로만 바람이 나오는 선풍기는 계속 탈탈거리며 울고 있다. 그 소리는 온종일 흘러나오는 라디오 방송과 재봉틀 돌아가는 소음에 묻혀버린 지 오래다. 계속되던 배의 통증이 조금 수그러든다.

개발이 가까워지면서 아랫동네로 떠나는 사람들이 많아졌다. 바느질 일도 눈에 띄게 줄었다. 맡기는 옷 또한 돈이 안 되는 것들뿐이다. 얼음집 최씨의 꼬질꼬질하게 때 묻은 점퍼와, 소매 닳은 방앗간 아주머니의 셔츠와 영선 언니가 맡긴 작업용 천막이 오늘 해야 할 일거리다. 점퍼에 새 지퍼를 달고, 낡은 남방의 소맷단을 다시 만들어 붙이는 일. 굴곡지고 추레한 삶이 배어 있는 옷들은 내 앞에서 처분을 기다리고 있다. 나는 온갖 사연을 담은 너덜너덜해진 옷을 다림질한다. 구겨진 주름이 사라진다. 감쪽같이 내 손끝에서 낡은 옷이 새것으로 리모델링 된다. 마치 아무런 일도 없었던 것처럼. 점퍼를 잡고 얇은 칼로 실밥을 딴다. 옷에서 뿌연 먼지가 떨어진다. 순간, 철거를 앞둔 삼백빌라가 먼지 속으로 흔적 없이 사라지는 것만 같다.

유령 같은 삼백빌라에 이사 온 지 삼 년쯤 되었다. 이사 올 때부터 곧 철거된다는 단서가 붙은 집이었다. 광고 입간판처럼 산 중턱에 생뚱맞게 서 있는 삼백빌라는 주변 경관과 어울리지 않았다. 어느 정도 예상은 했지만, 언덕을 올라 가까이 가 보니 말이 집이지 이런 곳에서도 사람이 살까 싶었을 정도로 허술했다. 천장에서 흘러내린 빗물 자국이 낡은 벽지에 지도를 그려놓고, 어두침침하고 역한 냄새가 밴 욕실은 더 가관이었다. 주방 싱크대는 문짝이 떨어져 나가 속이 훤히 들여다보이고, 찌든 때가 덕지덕지 붙어 있는 바닥에는 바퀴벌레들이 스멀거리며 기어 다녔다. 보기에는 허술해도 전망 하나만큼은 끝내 준다고 부동산 김씨는 말했다. 전망이 좋든, 살기가 불편하든 그런 것들은 생각지 못하는 형편이었다. 그나마 철거가 좀 지연되었으면 하는 마음이 더 간절했다. 누수와 무너질 위험 때문에 곧 이주해야 할 것이라는 말이 떠돌 때마다 삼백빌라 주민들은 술렁대기 시작했다. 주인들은 오히려 좋은 일이지만 나처럼 세 들어 사는 처지는 눈앞에 주먹을 갖다 놓은 듯했다. 집세가 공짜에 가까운 이유를 그제야 이해할 것 같았다.

남편은 몇 달 만에 한 번씩 초췌한 얼굴로 집에 들어왔다. 그동안 허랑방탕하게 지낸 흔적이 몸에 고스란히 나타났다. 몸이 불편해지기 전에는 집에 들어오지 않는 날이 그렇지 않은 날보다 더 많았다. 술과 도박에 빠진 남편에게 진즉부터 가족은 없었다. 돌아오지 않는 남편을 기다리다 수 없이 가방을 싸다 풀곤 했다. 날이 밝으면 집을 나서리라 했던 나를 떠나지 못하게 한 것은 남편에 대한 분노도, 알량한 기대도 아니었다. 딸 때문이었다. 갈수록 말이 줄어들던 딸아이. 언제부턴가 딸의 얼굴을 쳐다볼 수가 없었다.

한참 만에 집에 온 남편은 붉은 눈자위를 번득이며 집 안을 뒤졌다. 바느질해서 모아 놓은 푼돈마저 빼앗을 기세였다.

"이게 마지막 배팅이야. 너도 알잖아?"

"돈이 어딨어?"

악을 쓰며 가로막는 나를 주먹으로 쳐서 쓰러지게 한 뒤에, 눈에 불을 켜고 돈을 움켜쥐었다. 얼굴에서 찝찔한 액체가 흘렀다. 내가 잠시 멍해 있는 사이에 남편은 황급히 서랍을 뒤져서 돈을 주머니에 챙겨 넣고 있었다. 뒤에 물러나 있던 딸이 벌벌 떨면서 손에 날카로운 뭔가를 쥐고 다가섰다. 나는 딸에게 있는 힘을 다해 소리쳤다.

"안돼! 설희야."

뒤를 힐끗 돌아보던 남편이 뒷걸음질 치다가 바닥에 나동그라졌다. 들것에 실려 병원에 간 남편은 다시 스스로 힘으로 일어날 수 없었다. 며칠 동안 딸의 얼굴은 눈물범벅이었다. 언제나 내 삶은 벼랑 끝에 서 있는 것 같았다. 더 이상 사는 일이 겁나지 않았다. 더 잃어버릴 게 남아있지 않았다. 분노도, 슬픔도 내 것이 아니었다. 세상 모든 사람을 적대시했다. 누구에게든 당장이라도 덤벼들어 공격할 자세로 웅크린 채 집 안에만 처박혀 있었다.

남편은 중환자실에서 의식을 회복하고 얼마간 병원에 더 있다 퇴원했다. 쌓여가는 병원비를 감당해 낼 재간이 없었다. 전신 마비가 된 남편의 육신은 돈과 시간의 싸움이었다. 집주인에게 월세를 더 내기로 하고 보증금을 미리 받아도 턱없이 부족했다.

일을 끝내고 집에 돌아오면 종일 재봉틀을 돌린 다리

가 묵직하고 피로가 목을 짓누르는데도 잠을 잘 수가 없었다. 세상의 모든 짐은 내게 떠맡기고 곤하게 자는 남편의 얼굴을 보자 분노가 치밀었다. 나도 모르게 남편의 목 가까이 손을 뻗었다. 잠깐이면 모든 고통이 사라질 것이었다. 떨리는 두 손으로 남편의 목을 누르려고 했다. 순간 딸의 찢어질 듯한 목소리가 들렸다.

“엄마! 제발 그러지 마.”

딸아이는 울먹거리며 내 앞을 가로막았다. 우리는 서로 부둥켜안고 참았던 눈물을 쏟았다. 이튿날 딸아이는 돈을 벌어 오겠다는 편지를 남겨놓고 집을 나가 버렸다. 묵직해지는 아랫배에 쇠꼬챙이로 찌르는 것 같은 통증이 이어졌다. 그날부터 밤마다 강물에 빠지는 꿈에 시달렸다. 허우적대다 깨어보면 온몸이 젖어있었다. 며칠을 미친 듯 찾아다녀 봐도 뾰족한 수가 없었다. 딸은 쉬 돌아올 것 같지 않았다. 끝도 없는 가난에서 헤어날 수 없을 거라는 절망과 감당해야 했을 현실의 무게가 딸아이에게는 버거웠을 것이다. 골방에 송장처럼 누워있는 남편 앞에서 나는 처음으로 처절하게 울부짖었다. 내게 남은 희망도 사라졌다. 딸의 편지에는 어떤 단서도 없었다. 내가 할 수 있는 일이라곤 아무것도 없었다. 경찰에 가출 신고를 해둔 채 지옥 같은 나날을 마냥 견뎌낼 수밖에 달리 방법이 없었다. 더 이상 슬프지도, 기쁘지도, 아무것도 느끼지 못했다. 마치 막다른 길에 내

몰린 짐승처럼. 그런 나를 두고 주위에서는 독한 년이라고 수군거렸다.

바느질할 옷의 실밥을 뜯어내는데 먼지가 풀풀 떨어졌다. 매캐한 먼지바람이 콧속으로 스몄다. 선풍기를 잠시 껐다. 그대로 작업대 위에 내려앉는 먼지를 보면서 불안과 안도감이 시소처럼 내 안에서 오르내렸다. 라디오에서는 광고가 나왔다.

'모든 것을 다 잃었다고 좌절할 때, 가까이에 당신의 동반자가 있습니다. 다가올 미래의 안전장치, 지금 바로 가입하세요.'

절망과 맞바꿀 희망을 제안하는 광고에 귀가 솔깃해진다. 닳아 빠진 옷에 덧댈 천을 가위로 자른다. 구멍 난 삶을 감쪽같이 막아준다는 광고처럼 내 손은 익숙하게 바느질한다. 광고가 끝나고 음악 소리는 재봉틀 소리에 섞여서 흐릿하게 들린다. 목덜미가 땀에 젖어서 축축하다. 내 몸에서 나는 쉬척지근한 냄새가 코끝에 달라붙었다. 선풍기를 다시 켰다. 음악 소리는 들릴 듯 말듯 흐려진다. 나는 일어서서 라디오 볼륨을 올린다.

바느질할 옷은 밀쳐놓고서 빈 재봉틀만 하염없이 돌리고 있다. 눈을 감는다. 재봉틀에서 이어진 촘촘한 바늘땀이 거리로 나선다. 곧 떨어져 내릴 것 같은 얼음집 간판을 박음질하고, 뜨거워진 길을 따라 초록색 마을버스가 지나간 자리에 잠시 멈췄다가, 삼백빌라로 향한다. 한 땀도 빠지지 않게 '들들들……' 사각의 빌라를 바느질한다. 가로, 세로, 대각선을 그어가며 견고하게 박는다. 바닥에 쓰러진 뒤로 오랫동안 일어나지 못하는 남편. 나무토막 같은 한쪽 다리 위로 '들들들……' 바늘이 지나간다. 새로운 세포가 꿈틀대고 끊어진 신경 줄이 다시 이어진다. 나는 재봉틀을 발로 힘껏 밟는다. 조금만 더, 그렇지 조금만 더, 땀이 난 발바닥이 페달에서 미끄러질 때까지 누르고 있다. 남편의 발을 본다. 지금이라도 저 발을 붙잡아야 하지 않을까. 재봉틀 돌아가는 소리가 귓바퀴 안에 가득하다.

라디오 방송의 진행자 목소리가 또렷하게 들린다. 한낮 기온이 30도를 웃도는 날씨라고 한다. 더위를 슬기롭게 이기는 몇 가지 방법을 알려준다. 뒤이어 노래가 흘러나온다. 나는 몸을 일으킨다. 전화기 앞으로 가서 버튼을 누른다.

"전원이 꺼져 있습."

수화기를 내려놓는다. 다시 재다이얼을 손가락으로 길게 누른다.

"전원이……."

딸의 휴대 전화기에는 기계음이 앵무새처럼 똑같은 소리만 반복하고 있다. 살길을 찾아갔으리라며 불안의 줄다리기에서 손을 놓기도 한다. '혹시 모든 게 원래대로 돌아올지 모를 일 아닌가. 그러면 지금대로 버티며 그냥 살면 간단하지.' 하다가도 이내 고개를 젓는다. 이대로 하루하루 살다가 어느 날 툭 필라멘트가 끊어지듯 죽으면 될 일이지만 딸이 눈에 밟힌다. 어딘가에 끝이 있을 수밖에 없다면, 나는 그곳에 거의 도달한 것 같다. 그 모든 것이 그와 함께 사라질 것이다.

내가 마음을 위로받을 수 있던 유일한 대상은 라디오다. 헤어진 사람을 찾아주기도 하고, 깊은 오해의 골이 생긴 사람들에게는 용서와 화해의 중개자 역할도 한다. 나와 비슷한 처지에 있는 사람들의 이야기를 들을 때면 큰 위로가 되기도 한다. 방송내용은 주로 청취자가 보낸 편지를 진행자가 읽어준다. 그러다가 사람 찾는 제보가 들어오면 전화를 연결하기도 한다. 때론 슬프게, 어느 날은 익살스럽게 읽어주는 진행자의 목소리에 울다가 웃기도 했다. 삼백빌라 철거가 임박해 오면서 내 마음은 더욱 급하다. 딸에게 쓴 편지를 며칠 전에 방송국에 보내놓고 기다린다.

바느질하면서도 나는 라디오 방송에 귀를 쫑긋 세우고 있다. 내가 보낸 편지가 무사히 방송되어 딸이 들었으면 하는 희망을 품고서 말이다. 삼백빌라는 집 나간 딸과의 기억이 마지막으로 멈춘 곳이다. 철거가 코앞에 닥친 상황이어도 마땅히 갈 곳 없지만, 그곳이 어디든 밀려갈 어떤 곳도 정하지 못하는 이유가 바로 그것이다. 떠날 수 없는 나는 이 사실보다 더 충분한 게 없다.

벽시계를 올려다보니 오전 열 시가 다 되어간다. 아직 방송 시간이 여유가 있다. 잠시 하던 일을 멈추고 머리를 식힐 겸 밖으로 나갔다. 길 건너 골목 부동산 앞에 몇 사람이 모여 있다. 긴 나무 의자에 앉아 연방 부채질하며 가게 안의 텔레비전을 들여다보고 있다. 부동산 김씨가 길에 버려진 빈 깡통을 발로 차며 일어난다.

"미친놈들, 뭔 놈의 대책이람……어허 참!"

나는 길 아래쪽으로 시선을 돌렸다. 도로에는 지나는 차도 없다. 이상한 일이다. 곧 지진이라도 일어날 것처럼 불길한 분위기이다. 이 고요함이 폭풍 전야처럼 나를 더 불안하게 한다. 이 동네 사람들에게는 아무 소용없는 부동산 대책이 텔레비전 방송에 발표되고 있다. 부동산 김씨가 내가 있는 쪽을 기웃거리더니 말을 건넨다.

"이봐요…… 이사는 했수?"

"이사랄 게 뭐 있나요. 며칠 전에 우선 가게로 짐을 옮겼어요."

"어제 폭약을 설치하던디, 오늘 부순다던데?"

그렇게 말하고는 혀를 끌끌 찬다. 김씨는 이 동네 토박이다. 좁은 동네이기도 하지만 집집이 사정을 훤히 꿰고 있다. 부동산을 하는 직업 탓도 있다. 하지만 그런 그도 나에 대해서는 정확하게 모른다. 남편이나 딸에 대해 내가 말을 아꼈기 때문이다.

주민들이 모두 떠난 삼백빌라에 우리 가족은 오늘 아침까지 머물고 있다. 마지막으로 이주 명령을 받은 지도 꽤 여러 날이 된다. 김씨 말이 사실이라는 것을 알면서도 애써 모르는 척하고 싶다. 또 배가 아프다. 손으로 아랫배를 만져본다. 말랑하던 배가 갈수록 굳어지는 것 같다. 묵직하게 느껴지는 통증에 웅크리고 앉는다.

갑자기 어디선가 으르릉거리는 굉음이 들려온다. 정체불명의 소리에 나는 그만 바닥에 주저앉는다. 요란한 소리는 고막을 찢을 듯 크게 다가온다. 철거반원들이 탄 트럭 엔진 소리 같기도 하고, 건물이 무너지는 소리처럼 들리기도 했다가, 중장비가 고개를 쳐들고 거칠게 몰려오는 것만 같다. 소리는 점점 가까이 들려온다.

철거반원들은 곡괭이와 쇠망치를 휘두르며 벽을 짓뭉개고 기둥을 쓰러뜨렸다. 깨어진 벽돌 위에 드러누워 완강히 버티던 내 배 위에 발길질이 이어졌다. 유일한 보호자였던 외할머니가 그 자리에서 입에 거품을 물고 돌아가시는 바람에 나는 겨우 아수라장에서 벗어날 수 있었다. 그날의 고통은 어른이 된 지금까지 남아 마음이 불안할 때면 시도 때도 없이 배를 압박해오곤 했다.

나는 정신을 차리고 소리의 진원지를 찾아 언덕 아래를 내려다보았다. 그것의 정체는 오르막길을 거침없이 달려오는 한 대의 오토바이였다. 얼굴이 헬멧으로 가려져 있다. 나는 상대의 얼굴을 볼 수 없으나 검은 헬멧

속의 시선은 나를 낱낱이 보고 있으리라 생각한다. 극심한 공포를 바람처럼 몰고 오는 오토바이의 엔진 소리는 한여름 더위에도 소름을 돋게 한다. 몸에 기운이 뭉텅뭉텅 빠져나가는 기분이다. 이대로 가게에 들어간다면 아무 일도 못 할 것이다. 불안한 마음을 잠재우기 위해 탱화를 그리는 영선 언니에게로 향하고 있었다.

영선 언니는 그림을 그리다가 잠시 외출했는지 물감과 붓이 그대로 놓여 있다. 창고처럼 생긴 작업실에는 벽에 빼곡하게 그림이 붙어 있다. 낙서 비슷하게 큰 동그라미만 덩그러니 그려놓은 밑그림에 시선이 고정된다. 가까이 있으면서도, 그녀의 독특한 정신세계는 가늠할 수가 없다. 주변 사람 누구도 영선 언니의 작품을 이해하려고 하거나, 관심을 두는 사람이 없다. 가끔 영선 언니는 넓은 천으로 된 색색의 천막을 주문했다. 정확히 말하면 천막이랄 수도 없는 큰 보자기 형태였다. 새로 그림을 시작할 때마다 작업실에 둘러쳐진 천막의 색깔이 달랐다.

바닥에 널브러져 굴러다니는 앨범을 들추자, 색 바랜 흑백사진 속에 영선 언니의 젊은 날이 고스란히 담겨있었다. 사진 하나가 눈에 들어왔다. 앳된 얼굴에 아기를 안고 툇마루에 앉아있는 사진. 가슴에 단단한 덩어리가 뭉쳐진 것 같았다. 사진을 꺼내서 주머니에 넣고서는 얼른 앨범을 덮었다. 영선 언니는 화장실에 다녀왔는지, 찬물에 막 세수를 한 것 같은 얼굴로 가게로 들어섰다.

"언제 왔어?"

"좀 전에……."

영선 언니는 시원한 물을 건네며 서 있지 말고 자리에 앉으라고 했다. 영선 언니는 답답한 내 마음을 알기라도 하듯이 이런저런 말을 계속했다. 언젠가 탱화를 그리게 된 연유를 물었더니, 거스를 수 없는 운명이었다고 말했다. 내게는 피붙이처럼 살갑게 대해주던 영선 언니였다. 그래도 끝끝내 외할머니와의 인연에 대해서는 자세하게 말하진 않았지만, 생전에 큰 도움을 받았다고만 했다. 말을 아끼면서도 나를 쳐다보는 눈빛이 남달랐다. 이 동네에서 남편의 존재를 아는 단 한 사람이었다. 영선 언니는 곧 길을 떠난다고 했다. 한동안 이곳 산동네로 돌아오지 못할 거라는 영선 언니의 목소리는 비장해 보이기까지 하다.

나는 벽에 걸린 탱화를 손으로 가리키며 영선 언니에게 물었다.

"저 그림 속의 여인은 어디로 가는 걸까요?"

"삶도 죽음도 아닌 저편의 세상이겠지…… ."

"정말 그런 곳이 존재할까요?"

"그건 어디에도 없어. 누구든 마음 안에 있는 것이지. 사실은 똑같은 그림이 한 장 더 있었는데……."

영선 언니는 말끝을 흐렸다.

여인의 표정은 황량하기도 했고, 스산하고 차가워 보이기도 했다. 빈손은 안개 속을 날아가는 새를 잡는 듯, 허공을 향하고 있다. 무엇이 이 세상에서 가장 분명한 실체일까. 내 생각은 그림 속 여인의 빈손을 둔탁하게 스쳐 지나간다.

영선 언니는 영혼과 대화를 하면서 그림을 그린다고 했다. 영선 언니의 이야기를 통해서 내 앞에 놓인 지옥 같은 현실을 잠시라도 벗어나고 싶었다. 죽은 영혼을 통해 자기만의 예술적 영감을 그림으로 완성한다는 영선 언니의 말에 나는 또다시 아득해졌다. 은하수가 흐르던 산 밑. 울타리 너머로 노란 꽃이 피어 있던 어린 시절 그 집이 그리웠다. 만지면 화르르 날아가 버릴 것 같았던 외할머니 모습이 내 눈앞에 그려졌다.

영선 언니는 자기의 손에 신비한 기운이 흐른다고 말했다. 최근에는 그 소문을 듣고 아픈 사람들이 종종 찾아온다고 했다. 나는 시도 때도 없이 아파지는 아랫배 통증의 출처를 알고 싶었다. 영선 언니에게 배를 맡겼다.

"사는 일이 무섭지 않냐?

그렇게 물으며 영선 언니가 얼굴을 일그러뜨리며 웃었다.

"세상에 떠도는 두려움 따위는 전혀 겁나지 않아요.

밝아오는 아침이 더 무서워요."

말이 끝나기도 전에 또 배가 아팠다. 무거운 돌덩이에 눌리듯 배가 탱탱해졌다. 영선 언니는 두 손을 모아 쥐더니 내 배를 문질렀다. 웬일인지 아득하게 졸음이 오면서 통증이 누그러졌다. 참 신기한 일이었다.

영선 언니의 가게를 나오자 건너편 부동산 가게 앞에 모여 있던 사람들은 어디로 갔는지 보이지 않는다. 언덕에 서 있는 삼백빌라 빈집들이 을씨년스레 눈에 들어온다. 방 두 개, 부엌 하나에 화장실이 전부인 크지 않은 집이다. 지대가 높아서 추레한 모습이 어디에서도 눈에 띈다. 라면 국물로 얼룩진 신문지가 바닥에 돌아다니고 벽에 곰팡이가 피고 지던 삼백빌라를 떠나지 못하는 이유를 생각하지 않으려 한다. 세상이 없어져 버렸으면 좋겠다는 것은, 무책임한 건가. 나는 생각을 떨치려는 듯 숨을 크게 들이마시고 가게 문을 연다.

집에 혼자 누워있을 남편의 얼굴이 떠오른다. 어젯밤 밀린 일들을 끝내고 자정이 다 된 시간에 현관 계단을 밟았다. 전등을 비쳐가며 아픈 배를 움켜쥐고 어두운 복도를 빠져나갔다. 전기가 끊어졌다는 것은 철거일이 가까워져 왔다는 것을 의미했다. 비어 있는 집들에서 정체불명의 소리가 바람을 타고 귓바퀴 근처로 모여들었다. 최종 시한을 전해준 담당 공무원이 다녀간 뒤, 전기 수도가 끊어졌다. 그렇지 않아도 폐허처럼 방치된 터라 낮에도 음산하기만 한데 밤이면 유령의 집처럼 적막감마저 돈다. 고물로 쓸 수 있는 것은 이미 다 뜯겨나가서 집마다 창문과 현관문이 뚫려 있다. 지친 몸으로 문을 열었다. 그 시간까지 남편은 잠들지 않고 깨어있었다. 목석처럼 서서 남편의 얼굴을 내려다보았다. 그런 나를 보더니 남편은 울음인지, 신음인지, 앓는 것인지 분간이 안 되는 소리를 내뱉었다. 남편의 울음도, 끝도 없이 절망의 나락으로 치닫는 삶도, 내 앞에 놓인 현실 앞에서는 철저히 무감각해졌다. 슬픔도, 기쁨도, 억울함까지도 내 감정은 수평선이 된 지 오래였다.

아침에 일어나는데 몸이 몹시 무거웠다. 뒤척이다 깨어보니 벌써 날이 밝아오고 있었다. 고개를 쳐들고 발치께를 내려다보았다. 어두컴컴하고 눅눅한 방에 누더기 같은 이불을 뒤집어쓴 남편은 죽은 듯이 누워있었다. 잠을 더 기대할 수 없었지만, 몸은 천근 무게로 가라앉고 있었다. 나는 머리맡에 놓인 사발의 물을 단숨에 마셨다. 물에 빠져 있던 하루살이들이 입 안에 남아 지끈거렸다. 지난밤 불빛을 보고 날아 온 하루살이와 모기들이었다. 질긴 삶을 버리지 못하는 내가 하루살이보다도 더 못하다고 생각되었다.

베란다 구석에 도둑고양이 한 마리가 웅크리고 있었다. 고양이를 보면서 견딤의 동질감을 느꼈다. 언젠가는 먹을 것을 찾아 고양이도 떠날 것이다. 아랫마을로 내려가 도시의 눅진한 삶이 녹아있는 뒷골목에서 쓰레기통을 뒤지고 있든지, 아니면 산속으로 들어가 고립되어 버리던지 고양이의 선택도 둘 중 하나일 것이다.

남편은 그날 이후로 인기척이 나면 눈을 감고 시선을 피했다. 남편의 머리맡에는 늘 라디오가 나지막하게 흘러나오고 있었다. 바깥출입이 어려운 남편에게 라디오는 세상을 향해 열려 있는 창이다. 나는 아침에 집을 나오면서 라디오를 꺼 버렸다. 남편은 모든 걸 체념한 듯 눈도 뜨지 않았다. 꺼진 라디오를 다시 켤 수도 없는 마비된 몸이었다. 버려진 가구들 틈에서 짐짝처럼 널브러져 있는 남편은 더 이상 사람의 몰골이 아니었다.

주방 쪽에 놓여 있던 끈끈이 덫에 생쥐 한 마리가 걸려들었다. 헤어나려고 발버둥 치다가 더 깊숙이 끈끈이에 온몸을 점령당하고 만다. 처절하게 질러대는 생쥐의 비명이 날카로운 바늘이 되어 내 아랫배를 사정없이 찔렀다. 호흡이 멎어 버릴 것 같은 통증에 기다시피 그곳을 도망쳐 나왔다. 마지막 본 것은 이불 바깥으로 삐져나온 한쪽 발뿐이었다. 두꺼운 각질이 더께로 앉아서 마른 논바닥처럼 쩍쩍 갈라진 남편의 발바닥. 이제는 몸을 떠받치는 기둥이기를 포기한 발. 현관문을 닫는 순간 그 기둥은 거대한 먼지 폭풍 속으로 무너질 것이다.

몸을 돌려 가게 안으로 들어선다. 문을 열어 놓았는

데도 공기가 텁텁하다. 찬물을 한 바가지 퍼서 가게 앞에 뿌린다. 뜨끈한 열기가 조금은 누그러진다. 습관처럼 라디오부터 켠다. 교통상황이 전해지고 주방용품 광고와 제약회사 광고가 끝난 다음, 내가 기다리던 라디오 프로가 시작된다. 내가 보낸 편지가 방송될까. 딸아이의 소식을 알 수가 있을까. 일이 손에 잡히지 않는다. 아무것도 못 하고 서성대다가 선반 위에 있던 종이로 된 상자를 꺼냈다. 상자 안에는 색과 무늬와 질감이 다 다른 천 조각들이 차곡차곡 들어 있다. 바느질을 하게 되면서부터 그동안 내가 모은 것들이다. 천 조각들의 한 장 한 장마다 내 삶의 감정들과 사연들과 아픔들이 물들어져 있다. 오래전부터 알 수 없는 허기에 시달릴 때면 나는 천 조각을 꺼내서 만지곤 했다. 내가 만진 천 조각은 집 잃은 딸의 처연한 날개였다가, 뉴똥 한복 곱게 입은 외할머니였다가, 좁다란 요 위에 누워있는 남편이었다가, 절망 앞에 백기를 드는 나이기도 했다. 그런 다른 모습의 천 조각을 한 장 한 장 상처를 바늘로 꿰매는 일. 그것은 기다리다가 지치더라도, 내게 기다리는 일을 포기할 수 없게 만드는 모진 마력과도 같은 것이었다.

여자 아나운서가 낭랑한 목소리로 편지를 소개한다.

"아, 오늘의 첫 편지는 신림동에 사시는 이순갑씨가 병원에서 투병 중인 아내에게 보낸 편지입니다."

"인자 와서 이런 말하기가 좀 뭣 하지만 들어 보거래이. 생각할수록 내가 죄인이야. 입이 있은들 뭔 말을 하며, 무슨 낯으로 자네에게 용서를 빌겠능가. 헐수 엄씨 편지를 띄우네……속없는 사람……말라빠진 팔뚝에 링거 주삿바늘을 꼽고 누워서도 가족들 걱정뿐인……평생 말을 걸 것 같지 않던 자네가 간신히 입을 연 것은……반갑기도 하고 당황하기도 하고……그날 자네하고 내하고 약속했던 기 뭔지 잊어 뿌리지 않았재? 우리 이다음에 옛말하고 살자고 안 캤나. 옛말하고……자네는 죽을 때까지 못다 긁은 바가지 긁어대며……나는 다 받아준다고……그렇게 살자고……난 니한테 속은 기라……얼릉 일나야재. 속은 기 아이라고 말해야재. 말간 눈으로 천장만 쳐다보고 있지 말고 말해 보거래이……."

진행자가 다소 숙연해진 목소리로 방송을 이어간다.

"이순갑씨의 부인이 어서 빨리 쾌유할 수 있도록 기도하겠습니다. 음악 띄워 드립니다."

차분한 음악이 이어졌다. 조용한 거리에는 여름 한낮의 확확한 열기가 더디 불어오는 바람에 밀려가고 있다. 아무런 일도 없었던 것처럼 무심한 얼굴로 앉아있지만, 내 몸은 금방이라도 바스라 질 것 같다. 목이 타들어 간다. 재봉틀 앞에서 바느질할 옷의 실밥을 딴다. 미세한 먼지가 풀썩거리며 일어난다.

흐르던 음악이 툭 끊어졌다. 잔뜩 긴장된 아나운서의 목소리가 들려왔다.

"뉴스 속보입니다. 박철 특파원 나와 주세요. 네, 박철입니다. 조금 전 이곳에 폭탄테러가 발생했습니다. 테러범들은 폭탄을 실은 트럭을 타고 건물을 향해 돌진……."

방송이 끝나도록 내가 보낸 편지는 나오지 않았다. 지구 반대쪽에서 일어난 일인데 내 귀에는 무슨 일인지 생전 처음 들어보는 폭발 소리가 들리는 듯했다. 하던 일을 멈추고 밖으로 뛰어나갔다. 동네 사람들은 모두 어디로 갔을까. 깨진 화분과 누군가가 버리고 간 망가진 의자가 좁은 골목에 나뒹굴고 있다. 사람들의 접근을 통제하는 붉은 테이프가 삼백빌라를 띠처럼 두르고 있다.

어둑한 공간 속에 질곡 많은 생을 묻어버리고 있을 남편. 고막이 터져버릴 것만 같은 폭음이 연이어 터진다. 거기에 돌처럼 굳어진 채로 누워있을 것이다. 먼지 폭풍이 하늘 위로 치솟는다. 한순간에 맥없이 무너질 거대한 몸집의 삼백빌라. 그쪽을 보니 동네 사람들이 빙 둘러서서 웅성거린다. 길에 있던 사람들이 모두 한곳을 쳐다보고 있다. 저렇게 많은 사람이 동시에 한곳을 쳐다보고 있는 장면이 낯설고 무섭다. 누군가의 절망 앞에서도 사람들은 환호성을 질러댄다. 박수갈채가 쏟아지는 것도 같다. 정신을 차리고 보니 시야는 온통 자욱한 먼지 속이다. 남편은 어디로 돌아가려 했을까. 종일 눈이 아프도록 내다보았을 바깥세상. 중심에서 밀리며, 떠밀려가며 견뎌온 버거운 삶 하나가 세상 밖으로 떠나고 있다.

길 아래쪽에서 먼지구름이 떼를 지어 몰려온다. 대형 트럭에 집채만 한 중장비를 싣고 올라온다. 한 대, 두 대…… 단단하던 경계가 뿌옇게 흐려지면서, 내 등을 옭아매고 있던 끈이 뚝, 풀렸다. 나는 삼백빌라를 향해 뛴다. 뾰족탑이 있는 교회 앞을 지나, 구경하는 사람들을 밀치고 미친 사람처럼 소리를 지르며 삼백빌라로 달려갔다. 공사장 인부들이 길을 가로막아 섰다.

"여긴, 위험해요."

"……저…기…저어……."

허공에 팔을 내젓다가 너부죽이 바닥에 쓰러졌다. 눈까풀이 화끈거렸다. 아무것도 보이지 않았다. 젖은 머리카락 몇 오라기가 이마에 붙어서 눈을 가린 탓일까. 겹겹이 쌓인 어둠 속으로 한정 없이 부서진 몸뚱어리가 휘돌려갔다. 끝없이 깊디깊은 어둠 속으로 빠져들었다. 그때 난데없이 방망이와 각목들이 날아왔다. 헬멧을 쓴 괴물들이 날뛰었고, 마구 주먹이 날아왔다. 어둠이 파열되어 또 다른 어둠을 만들고, 그러다가 어둠 속, 사방팔방으로 몸뚱어리가 떨어져 나가고 있었다. 혼미한 머릿속이 차츰 깨어났다.

"저……."

수없이 많은 말을 토해내려고 안간힘을 썼다. 그러나 말은 입 밖으로 나오기도 전에 허공으로 사라졌다. 차 바퀴 소리가 여전히 들려왔다. 소리는 점점 가까워졌다. 끼익하고 멎는 소리, 윙윙 돌아가는 소리, 우루루 쏟아지는 소리……소리…….

고막이 찢어질 것만 같은 폭음이 연이어 터진다. 먼지 폭풍이 하늘 위로 치솟는다. 한순간에 맥없이 무너지는 거대한 몸집의 삼백빌라. 사람들은 환호성을 질러댄다. 손뼉을 치고 있는 것도 같다. 세상은 온통 자욱한 안개 속이다. 나는 딸을 찾아 먼지가 풀썩거리는 거리를 따라 길을 걷는다. 삼백빌라는 흔적 없이 사라지고 거대한 바람이 휘몰아친다.

"설희야 집을 넘겼어. 빚이 있어서…… 어떡하니? 네가 여기 있었으면 해서 너한테 제일 먼저 알리는 거야."

어느 먼 곳에서는 기억이 닫히고 죄책감이 누그러질 수 있을까. 나는 설희 이름을 불러보지만, 여전히 정적만이 감돈다. 거리는 일순간 고요해지고 혹시 다가오는 발걸음 소리가 들리려나 기다린다. 잠시 떠났다가 다시 돌아와서 기다리며 설희가 어디 있는지 알려달라고 세상 모든 것에 기도한다.

영선 언니의 가게에 걸려 있던 탱화 그림이 떠오른다. 갸름한 얼굴선, 엷게 푼 먹으로 그린 듯 가느다란 눈썹, 웃으면 파묻히지 싶게 작고 가느스름한 눈, 섬약해 보이던 인상. 이상하게 낯익은 그 얼굴이 까닭 없이 가슴에 내려앉는다. 어릴 적 외할머니의 방에 걸려 있던 탱화 그림이었다. 똑같은 탱화 그림이 한 장 더 있었다고 무당처럼 모호한 어조로 주절주절 지껄이던 영선 언니 말이 생각난다. 바늘이 부러진다. 이불 밖으로 삐져나온 굳어진 남편의 한쪽 발이 먼지 폭풍 속으로 깊이 잠기고 있다. 주름진 외할머니 손이 내 아랫배를 쓰다듬는다. 어디선가 바람이 불어온다.

명파리 가는 길

세 사람을 태운 택시는 영동고속도로를 답답하게 달렸다. 도로에는 해돋이를 보러 떠나는 자동차들로 넘쳐났다. 눈이 내릴 것이라는 예보가 있었지만, 하늘을 올려보아도 아직 아무런 낌새가 보이지 않았다. 출발한 지가 두어 시간은 지났으리라 생각한 것은 창으로 펼쳐지는 바깥 풍경 때문이었다. 나는 점점 깊어지는 산줄기를 보며 고개를 넘으면 바다가 곧 나올 것이라는 짐작을 하고 있었다.

"울마나 남았냐?"

왕소금이 쪼글쪼글한 입술을 모으며 물었다.

"아직, 반이나 왔을까."

내 말에 노랑머리는 안 봐도 비디오라는 듯 고개를

돌려 째려보았다. 가자는 건지, 말자는 건지 왕소금은 찝찝한 표정을 지었다. 나는 멀뚱멀뚱 두 사람을 쳐다보고 있었다. 노랑머리는 천천히 속도를 줄이더니 핸들을 틀어 휴게소 주차장으로 들어가 차를 세웠다. 차에서 내리며 나는 왕소금의 팔짱을 끼고 부축했다. 누가 보면 나이 든 할머니를 극진하게 모시는 착한 손녀로 볼 수도 있었다. 노랑머리는 평소와 다르게 이번 여행에 진심인 편이었다. 그도 그럴 것이 왕소금이 제시한 보상에 군침이 돌았다. 나 역시 솔깃했다. 휴게소 여자 화장실 앞에는 사람들이 길게 줄을 서서 기다리고 있었다. 우리는 줄 끝에 섰다. 왕소금은 여든이 넘었고 볼일을 조금만 참아도 방광에 통증을 느낄 나이였다. 아랫배를 손으로 눌러가며 급하다는 시늉을 해도 아무도 양보해주지 않았다. 아마 또 속옷에 지렸을 것이 분명하겠지만 노랑머리와 나는 귀찮아서 적당히 모른 척하는 일에 이골이 나 있었다.

회사 택시를 운전하는 노랑머리와 나는 몇 년 전부터 왕소금 집에 빌붙어 살게 되었다. 그녀의 집은 외관상으로는 백 년도 더 된 것 같은 낡은 집이었다. 지붕 위에는 천막을 둘러 돌로 눌러 놓았고 대문은 한 사람이 겨우 열고 들어갈 만큼 좁았다. 그러나 집 안에 들어가 보면 오래된 집이지만 있을 건 있을 만큼 형태를 갖추고 있었다. 곧 쓰러질 것 같은 가옥이지만 골목만 벗어

나면 대로변을 따라 큰 시장도 있고 지하철이 지나는 역세권이었다. 내가 먼저 이 집에 들어왔고 뒤이어 노랑머리도 합류했다. 노랑머리와 나는 일면식이 없었지만 서로 처지가 비슷하다 보니 사이가 나쁘지 않았다. 왕소금은 나름대로 깊은 속내가 있었겠지만, 선의를 베푼 셈이었다. 낯모르는 세 사람이 한집에 살기로 한 것은, 겉으로 보기엔 이해가 언뜻 안 되는 일이었다. 그 미친 짓을 견딜 수 있게 해 준 것은 한 가닥 전망 때문이었다. 서로 속마음을 말 안 했지만, 노랑머리와 나는 비슷한 생각을 했다. 왕소금이 곧 세상을 떠나면 이 집이 우리 차지가 되지 않을까, 하는 기대를 걸었다. 우리는 이 집에서 평생 살 것이라는 생각은 염두에 두지 않았다. 노랑머리가 결코 내 스타일은 아니었지만, 우리는 그 집에 대해 궁리할 때는 지극히 호흡이 맞았다.

휴게소에는 온갖 냄새들이 흘러 다녔다. 화장실 앞에서 팔고 있는 반건조 오징어 굽는 냄새는 지린 오줌 냄새만큼이나 역겨웠다. 멀쩡했던 하늘이 조금씩 흐려졌다. 나는 떨리는 손을 주머니에 넣은 채 다른 한 손으로 호두과자 한 봉지를 슬쩍 훔쳤다. 가게 앞은 사람들이 떼로 몰려다녔고, 점원은 계산하느라 바빠 정신없어 보였다. 왕소금이 이 사실을 알면 또 쥐어박겠지만 한 알을 꺼내 입에 넣으니 정말 맛있었다.

동물원에서 아빠의 손을 놓친 이후로 늘 손이 문제였

다. 단번에 긋지 못해서 손목에는 여러 개의 칼자국이 선명하게 남아있다. 사는 일이 재미없을 때마다 흉터가 생겨났다. 손님 밥상을 엎어서 알바에서 잘리던 날, 나는 돌아갈 집도 없었다. 사람 하나 겨우 지날 만큼의 좁고 한적한 골목이었다. 나는 또 손목을 그으려고 했다. 그때 내 뒤통수를 쥐어박은 사람이 왕소금이었다. 그래서 죽지 못했다. 열여섯 살에 인생 종 치려고 했는데 얄궂게 살아남았다.

노랑머리가 왕소금과 함께 화장실을 나오는 모습이 보였다. 눈송이는 아스팔트 바닥에 떨어지자마자 녹아 형체도 없이 사라졌다. 겨울치고는 날씨가 포근했다. 노랑머리와 왕소금은 천천히 걸어서 내가 서 있는 쪽으로 다가왔다.

"일기 예보가 맞네."

노랑머리가 눈을 찡끗하며 말했다.

"호두과자야."

나는 노랑머리에게 들고 있던 호두과자 봉지를 건넸다. 우리는 다시 차를 타고 출발했다. 차가 휴게소를 벗어나자 노랑머리는 자꾸 내비게이션을 힐끗거렸다. 정확한 주소를 알 수 없어서 대충 입력했기 때문에 방향만 잡고 가는 상황이었다. 나는 호두과자를 맛있게 먹고 있던 왕소금에게 물었다.

"할매, 맛있어?"

두어 시간 만에 때꾼해진 왕소금의 눈을 보며 내가 말했다.

"요년, 넌 튀어봐야 벼룩잉게."

왕소금이 의자에 흘러내릴 듯이 몸을 겨우 걸친 채, 벌써 다 알고 있었다는 표정으로 혀를 끌끌 차며 말했다.

"할매는 전생에 무당이었다고 안 그래?"

나는 머리 한 대 쥐어박히지 않은 걸 다행으로 생각하며 화면에 보이는 지도를 살피며 말했다. 출발하면서부터 내비게이션이 말썽을 부려 시간을 한참 끌었다. 회사로 문의해도 될 일이었지만 노랑머리는 굳이 자기가 할 수 있다며 고집을 부렸다. 고속도로는 단순해서 표지판과 이정표를 보며 왔지만, IC를 빠져 국도에 접어들면서 노랑머리는 운전에 집중하고 있었다. 우리가 탄 차를 추월하는 차량이 많았지만 우리는 규정 속도를 지키며 달렸다.

"명파리……."

왕소금은 또랑또랑하게 한 번 더 말했다. 그곳에 가는 이유를 속 시원히 말하지 않았지만, 노랑머리나 나는 별로 신경 쓰지 않았다. 어차피 오늘 명파리 가는 데 목적이 있었기 때문에 이유는 따져 묻지 않았다. 왕소금은 주름진 얼굴을 찡그리며 실눈을 뜬 채 차창 밖을 내다보고 있었다.

"불타버렸어."

왕소금은 뜬금없이 중얼거렸다. 요즘 들어 왕소금의 기억은 군데군데 흐리거나 비틀어지기 시작했다. 아주 오래전 기억은 선명했으나 최근에 일어나는 일은 자주 잊어버리곤 했다. 왕소금은 스쳐 지나가는 간판을 줄줄 읽어 내려갔다. 안경을 쓴 나보다도 시력이 좋은 것 같았다. '고향 해물칼국수'나 '해풍 모텔'의 간판을 작은 소리로 읽었다. 차가 정지 신호에 걸려 교차로에 섰다. 하늘은 점점 흐려져서 눈이 날리다가 말다가 오락가락했다. 왕소금은 참았던 숨을 깊게 내뱉었다.

"뭐가?"

나는 왕소금을 쳐다보며 궁금해 죽겠다는 표정을 지었다.

"글쎄, 즌화혔더라."

"누가?"

"냐준 은공도 모르구설랑 소식을 끊어뻔져야……."

"할매, 무슨 말이야?"

내가 들은 이야기로는 왕소금은 젊어서부터 기름 짜는 집 앞에서 채소 장사부터 시작했다고 했다. 이른 새벽 동트기 전부터 눈 비비며 나와 도매로 팔 물건을 떼어오기도 하고 싸고 신선하고 좋은 물건 사러 나온 단골들과 흥정하며 열심히 살았다. 왕소금은 발품을 팔며 비파 소리 나듯 새벽시장을 뛰어다녔다. 처음에는 어수

룩해서 물건을 팔지도 못하고 어려움을 겪었다. 시간이 지나면서 시장 분위기에 조금씩 적응했다. 이것저것 돈이 되는 것은 다 놓고 팔았다. 해가 지날수록 왕소금의 장사 수완이 좋아졌고 허리에 찬 전대가 두둑해졌다. 은행을 이용 할 줄도 몰랐고 번 돈은 오로지 주머니 속에만 넣으면 절대 나오는 법이 없었다. 왕소금은 금 한 돈만큼 돈을 모으면 금을 사서 깡통에 모았다. 그녀는 깡통을 가끔 매만지며 무거웠던 삶의 고통을 조금이나마 털어 내곤 했었다. 집을 항상 비워 놓다 보니 금을 어디 숨길 때가 없었다. 왕소금은 장소를 찾다가 사람들이 다 잠든 야심한 시간에 부엌 바닥을 깊이 파고 묻었다. 믿거나 말거나 전설처럼 전해오는 왕소금의 자서전이었다. 왕소금은 오랫동안 가족 없이 혼자 살았다. 집안 어디를 둘러보아도 다른 사람의 흔적이 보이지 않았다. 왕소금이 나와 노랑머리를 집에 들인 일은 알다가도 모를 일이었다. 알뜰하게 모아 지금의 집을 장만한 이야기를 들은 날, 노랑머리와 나는 괜스레 부엌을 어슬렁거리기도 했지만 깔끔한 주방 바닥 어디에도 깡통 따위는 없어 보였다.

"베라먹을……."

노인네 살비듬 같은 눈발이 자동차 앞 유리에 달라붙었다. 왕소금은 무슨 말인가 하려다 입술만 달싹거리며 몸을 부르르 떨었다. 나는 마른침을 삼키며 왕소금의

'베라먹을'이라는 말을 생각해 보았다.

아빠는 대형트럭 기사였다. 컨테이너를 싣고 달리다가 고속도로에서 사고가 났다. 상대 차량에 대한 보험을 넣지 않아 빚에 쪼들리게 되었고, 결국은 트럭을 헐값에 팔아넘겼다. 남은 돈으로 엄마가 가게를 차렸지만 망했다. 아빠는 삼촌이 하는 일을 도와주다가 사기죄를 몽땅 뒤집어쓰고 감방에 들어갔다. 어렸으니 어른들의 자세한 사정은 주워듣기만 했다. 하지만 내가 느끼기에도 아빠와 엄마의 관계는 이미 깨진 얼음판처럼 보였다. 아빠 면회를 다녀온 날, 엄마와 엄마의 애인이 운전하는 승용차를 타고 혼자 사시는 외할머니댁에 갔다.

"아빠 많이 도와주고…… 잘 지내."

"응, 근데 엄마?"

엄마를 태운 차는 내 말이 채 끝나기도 전에 나를 내려놓고 도망치듯 갔다. 나는 멀어지는 차 뒤꽁무니를 향해 손을 흔들었다. 차가 보이지 않을 때까지 나는 손을 흔들었다. 외가에 얹혀 지내는 동안, 비가 오는 날이면 툇마루에 앉아 엄마를 찾아가는 상상을 했다. 외할머니는 엄마가 바다 건너 돈 벌러 갔는데, 아마도 수백 번, 수천 번의 밤이 지나야 돌아올 것이니 말 잘 들어야 한다고 했다. 가끔 어른이 된 내가 커다란 트렁크 가방을 끌고 배를 타거나 비행기를 타는 꿈을 꾸기도 했다.

외할머니가 돌아가시는 바람에 나는 출감한 아빠에

게 맡겨졌다. 나중에 알게 되었지만, 아빠는 빈털터리에 떠돌이였다. 내 손을 잡고 돌아다니다가 해가 지면 역이나 공원에서 나를 꼭 안고 잠을 잤다. 아빠는 종일 내가 알아듣지 못하는 이야기를 끊임없이 했다. 나는 아빠의 이야기를 열심히 듣고서는 고개를 끄덕여주었다. 그러면 아빠는 더욱 목소리를 높였다. 술을 마신 날은 "내 탓이 아니야." 녹음기를 틀어 놓은 듯했다. 아빠 냄새는 시큼하면서도 매캐했다. 냄새로 아빠를 찾으라고 한다면 눈감고도 찾겠다. 내가 아빠를 마지막으로 본 것은 지하철을 타고 동물원에 갔던 날이다. 검정색 점퍼에 청바지 그리고 커다란 천 가방과 다 헤진 운동화를 신고 있던 아빠는 반달곰 우리 앞에서 오른손을 번쩍 들더니 휭하니 사람들 속으로 걸어갔다.

"아빠 어디 가?"

"몰라."

"언제 와?"

"몰라."

내가 큰 소리로 외쳤지만, 아빠가 대답은 인파에 떠밀려 돌아오지 않았다. 설마 하는 마음으로 꼼짝없이 그 자리에 버티고 서 있었다. 사람들이 다 빠져나가고 텅 비어 쓸쓸한 동물원에 빗방울이 떨어지기 시작했다. 아빠는 정말 돌아오지 않았다. 아마 그쯤에서야 나는 울음을 터뜨렸고, 지나던 직원이 달려와 내 손을 잡고 달랬다. 동물원에 있는 미아보호소 언니가 물었을 때, 나는 아빠 손을 놓쳤다고 했다. 이름도, 주소도, 아무것도 모른다며 입을 굳게 닫았다. 어린 생각에도 왠지 그래야만 할 것 같았다. 어른들은 아마도 갑작스러운 충격 때문에 기억을 못 하는 것 같다면서 시립아동보호소로 보냈다. 고아원을 거쳐 떠돌다 왕소금 집에 오기까지 모든 결정은 내가 했다. 오른손은 시도 때도 없이 떨렸다. 그날 나는 아빠 손을 놓친 것이 분명하다고 생각했다.

내가 하고 싶은 이야기는 금방이라도 쓰러질 그 집에서 같이 지내게 된 왕소금과 노랑머리 이야기다. 잔소리 백 단이 넘는 왕소금은 골목에 나가 앉아 오가는 사람들에게 참견하는 것이 유일한 취미였다. 몰라도 될 일을 꼭 아는 척을 해야 직성이 풀리는 왕소금은 어떤 때에는 지나칠 정도로 친절하거나, 이해 안 될 정도로 인색했다. 아무도 그 속을 알 길 없었다. 눈치 빠른 노랑머리도 고개를 가로저으며 항복했다. 그녀는 혼자 몸으로 고향 떠나 자수성가한 라이프 스토리를 지닌 사람이었다. 그저 흔한 이야기다. 안 먹고 안 입고 안 썼던 시절들. 역시나 흔한 이야기지만 눈 닦고 찾아봐도 왕소금 할머니 스토리에 믿음이 안 생기는 건 노랑머리나 나나 마찬가지였다. 왕소금이 만들어 낸 허구가 아닐까 하는 의심이 들었지만 가진 것은 돈밖에 없다는 말에 노랑머리와 나는 왕소금에게 빌붙어 지내기로 했다. 잔소리는 듣기 싫지만, 왕소금에게 뒤통수 맞고 허탕 친 날부터 잔소리를 노래로 듣기로 했다.

“부탁이 있어.”

며칠 전에 노랑머리와 나를 불러 놓고 왕소금이 말했다. 꼭 가야 할 곳이 있다며 그곳에 데려다 달라고 했다.

“뭘, 해 줄 건데?”

노랑머리답게 왕소금에게 치밀한 질문을 했다.

“나 죽으면 누가 있어?”

왕소금은 마치 가진 것을 다 줄 듯이 두 손을 펼쳐 보였다. 나와 노랑머리는 침을 꼴깍 삼켰다. 그날 밤, 우리는 기꺼운 마음으로 연대하기로 했다.

“알았어.”

둘이 동시에 입을 모아 대답했다.

“명파리.”

왕소금은 기억을 더듬으며 목적지를 정확하게 말했고 손가락으로 날짜를 꼽았다. 노랑머리의 택시를 이용하기로 하고 했다. 나는 투자라는 의미로 알바한 돈을 택시 차비로 과감하게 보태기로 했다.

노랑머리는 서른 중반의 골드미스라고 했지만 내가 보기에는 영락없이 마흔 넘은 아줌마처럼 보였다. 그까짓 것, 속아주기로 마음먹었다. 그녀는 휘황찬란한 도시 뒷골목에서 일했다고 했다. 화장을 완벽하게 했는데도 화사한 느낌은 온데간데없고 흡사 누군가 오래 쓰고 내놓은 가구처럼 후줄근하고 보잘것없어 보였다. 더구나 염색한 노랑 단발머리는 빗자루처럼 뻣뻣했다. 잔뜩 취해 몸을 못 가누던 그녀를 왕소금이 끌고 들어왔을 때 첫 만남이 다소 생뚱맞았지만 나는 최대한 우호적인 표정을 지어 보였다. 노랑머리는 오래전에 죽은 왕소금 친구의 딸이라고 했다. 일찍 부모를 떠나보내고 혼자가 된 노랑머리는 왕소금 집을 가끔 들락거렸다. 보기와는 다르게 노랑머리는 왕소금 비위를 맞추느라 여념이 없었다. 일어나면 청소부터 간단하게 했고 부엌에 들어가 아침밥을 준비했다. 노랑머리가 오고 나서부터 왕소금은 자주 웃었다. 나는 누구랑 같이 산다는 것이 얼마만인지도 모르겠다는 생각이 들었다. 세 사람이 함께 밥상에 앉는 것이 낯설면서도 고마웠다. 우리는 따로, 또는 같이 시간을 보냈다. 그러는 동안에도 왕소금은 자신에 대해 별로 말이 없었다. 다만, 내치지 않으면 그냥 눌러앉을 요량으로 우리는 왕소금에게 찰싹 달라붙어 있었다. '그런데 무슨 횡재인가. 다 준다니' 노랑머리와 나는 여행 준비를 착실하게 하면서도 의심과 걱정이 동시에 생겼다. '왕소금은 명파리에 왜 가려는 걸까.' 자칫하면 약속은 물거품이 될 수 있겠다는 생각이 들었다.

"춥고 배고파."

나는 허기를 견딜 만큼 견뎠다는 듯 짜증을 냈다.

"때가 지났네."

노랑머리는 천천히 속도를 줄이다가 도로변에 있던 식당 앞에 차를 주차했다. 음식점은 미음자 구조로 마당 한가운데에 분재로 한반도 모형의 미니 정원을 만들어 놓았는데 무척 신기했다. 식사를 마치고 나오는 사람들과 들어가는 사람들이 뒤섞여 작은 마당이 번잡스러웠다. 두부를 직접 만드는 집이었으나 점심 메뉴로 백반을 저렴하게 팔고 있었다. 세 사람은 밥을 시켜 놓고 기다렸다. 노랑머리는 뜨거운 물이 담긴 컵을 두 손으로 감싸 쥐고 호호 불며 마시고 있었다.

"할매가 밥 사?"

누가 밥을 살 건지 정해야 했기에 내가 일방적으로 말했다.

"그려."

왕소금은 테이블에 달린 서랍에서 수저를 꺼냈다. 벽에 붙은 수려한 사진을 보면서 나는 이곳이 바다와 산이 어우러진 빼어난 자연환경을 갖춘 곳이라는 것을 새삼 느꼈다.

"이왕이면 피자나 양념치킨이 좋겠다."

엉뚱한 내 말을 그녀들은 그게 밥이 되냐는 표정으로 웃었다. 우리는 다정해 보이지는 않았지만 누가 봐도 가족이었다.

"손녀랑 여행가나 봐요?"

주인이 음식을 테이블에 차리면서 물었다.

"어이덜 춘데 먹어."

왕소금은 음식점 주인의 말에 대답하지 않은 채 밥뚜껑을 열며 수저를 들었다. 우리도 기다렸다는 듯 밥을 먹기 시작했다. 미역국에 밥을 말아 후루룩 넘기던 왕소금의 잔소리가 이어졌다. 내가 싫어하는 반찬을 옆으로 밀어놓는 걸 보고, 마치 속사포를 쏘아 대듯 멈출 줄을 모르고 말을 이어갔다. '여든 넘은 노인네 말도 빨라' 감탄과 놀라움이 동시에 몰려왔다. 대충 그런 것들이다. '아무리 어려워도 염치는 있어야 한다. 돈이 전부가 아니다. 사람이 되어야지' 왕소금이 반복해서 하던 레퍼토리였다. 노랑머리는 밥그릇에 머리를 박고 들어갈 태세였다. 이럴 때는 얼른 먹고 일어나 분위기를 바꾸는 것이 상책이었다.

"나도 그런 적 있어."

손목에 있는 흉터를 빤히 보던 노랑머리가 중얼거렸다.

"뭘?"

우툴두툴한 손목을 주머니에 슬그머니 집어넣으며 숟가락을 내려놓았다. 예상대로 왕소금의 잔소리가 멈췄다. '아무리 어려워도 염치는 있어야 한다. 돈이 전부가 아니다. 사람이 되어야지' 이제는 노랑머리가 혼자 중얼거렸다. 염치나, 돈, 사람이라는 단어들이 허공에 떠돌았다. 그 말들은 왕소금이나 노랑머리가 다른 누구한테 하는 말이 아니라 스스로에게 말하는 것처럼 보였다. 노랑머리는 결혼 비슷한 것을 세 번 정도 했는데 한 번도 가족을 만들지 못했다고 했다. 술이 술을 불러 그녀의 감정을 더 부추겼다. 세 사람 모두 남의 과거를 헤집지 않는 것이 불문율이었다. 상처가 깊은 사람들일수록 풀 먹인 자존심보다는 묵직한 의리를 움켜쥐고 산다는 것을 나는 왕소금과 같이 살면서 배웠다. 돈이 전부가 아니라고 왕소금은 말하지만 내가 보기에는 가진 것은 돈뿐이라고 허풍을 떠는 말과 앞뒤가 맞지 않았다. 뭐가 진실인지 모르겠다. 그렇지만 내가 진실을 따져 물을 형편은 아니었다.

아빠 손을 놓는 순간 나는 별로 슬퍼하지도 안타까워하지도 않았고, 그다지 충격도 받지 않았다. 물론 상실감 비슷한 것은 느꼈다. 어차피 인간은 언젠가 혼자가 되는 법이라고 깨닫기에는 너무 어렸지만, 외톨이가 되었다고 아무나 붙들고 하소연할 수 있는 처지가 못 되었다. 단번에 나이를 백 살쯤 먹은 기분이었다. 하지만 그뿐이었다. 그런 이상한 감정들이 반복해서 손목을 긋게 했다.

식사를 마치고 나오는데 늙수그레한 여자들이 삼삼

오오 마당에 들어섰다. 왕소금이 신발을 신느라 잠시 허리를 구부리는데 한 할머니가 갑자기 끌어안더니 반갑게 아는 척했다.

“어머이야, 깜짝이야 당골네 선희 아녀?”

그녀는 반색하며 왕소금에게 얼굴을 들이밀었다.

“뉘귀여?”

왕소금은 잘 모른다고 몇 번이나 손사래를 쳐도 그 할머니는 곧이듣지 않고 혼자 지껄였다. 나는 종잡을 수 없는 일이 벌어질 것만 같은 예감이 들었다. 할머니는 어리둥절해하는 왕소금을 끌어안다가 같이 넘어졌다. 순식간에 벌어진 일이었다. 왕소금과 아주 잘 아는 사이 같아 보였는데, 왕소금은 그녀의 시선을 자꾸 피했다.

“가찹게 살던 영실이.”

왕소금만큼이나 늙은 여자는 오랜만에 만난 친구 손을 잡고 고향 소식을 전했다. 왕소금의 엄마가 죽을 때 무척 행복한 얼굴로 떠났다고 했다. 불을 지르고 스스로 떠난 고향과 몇십 년 동안 만나지 못했던 어머니 소식에 왕소금은 눈시울을 붉혔다.

“불쌍한 울 어머이…….”

아슴푸레한 눈길로 혼잣말을 중얼거리는 왕소금의 모습이 애잔했다. 노랑머리는 울먹이는 왕소금 일으켜 세웠다.

"자, 자 천천히……."

그러는 사이에 왕소금의 친구라던 할머니는 서로 인사를 나누고 일행을 따라 식당으로 들어갔다. 왕소금은 생각에 잠겼는지 쪼글쪼글한 입술을 꾹 다물고 있었다. 한바탕 소동이 끝났다. 우리는 다시 차에 올라탔다. 시동을 걸자마자 경로가 변경되었다는 멘트가 이어졌다. 노랑머리는 '명파리'라는 지명이 여러 곳이라며 왕소금에게 다시 물었다.

"주소가 잘못 됐나?"

노랑머리는 액정 화면을 손가락으로 여기저기 눌러보다가 급기야는 그곳이 명파리가 아니라 똥파리가 아니냐며 검색어를 변경하기도 했다. 노랑머리는 큰소리로 혼자 낄낄대다가 할 수 없었던지 내비게이션을 꺼버렸다. 안내하는 멘트가 사라지니 차 안이 조용해졌다. 화면에 드러난 지도에 우리 위치가 선명하게 나타났다. 바로 근처가 바다였다. 푸른 바다가 화면을 거의 덮고 있었다. 조금만 가면 오른쪽에 바다를 끼고 달릴 수 있을 것 같았다.

"명파리라고 혔어."

왕소금은 단호하게 말했다. 나는 마을 사람들에게 물어보자고 노랑머리에게 말하려다 입을 다물었다. 이미 차는 움직이기 시작했고, 롤러코스터처럼 감정 기복이 심한 노랑머리가 그 말을 들을 리가 없을 거라는 짐작이 들었다. 양옆으로 한겨울 풍경이 끝도 없이 지나갔다. 왕소금은 눈 내리는 광경을 바라보다 까무룩 잠이 들어 꿈을 꿨는데, 깨어났을 때 전혀 기억나지 않는다고 투덜거렸다. 어느새 차창 밖으로는 멀리 산을 배경으로 논밭과 비닐하우스들, 푸른 바다가 힐끗힐끗 스쳐 지나가고 있었다. 노랑머리는 그럭저럭 길을 찾아가는 모양이었다. 나는 한편으로는 안심이 되면서도 무엇 때문인지 초조해졌다.

"내가 집에 불을 지르고 옷 보퉁이를 가지고 나오던 날, 불꽃이 갓 핀 달리아 꽃송이처럼 붉었어. 불은 헛간부터 타올라서 지붕을 삼키더라. 세상만사 다 싫었어. 엄마가 무당이라……누구 씬지도 모르고 애를 낳은 나를 엄마가 해코지 하려……항아리 안에 들어가도 팔자 땜은 못 한다는데 그날 신당을 불로 태우고 내 팔자를 내가 틀어버린 셈이야."

왕소금은 주문을 외듯, 방백을 하듯, 그렇게 말을 이어 나가며 말끝을 흐렸다. 왕소금은 거친 숨소리를 내쉬고 앉았다. 멀리 바닷가에 낡은 철조망이 보였다. 오래전에 세워진 것이 분명한 철조망 사이로 하얀 파도가 쉼 없이 몰려오고 있었다. 밀려갔다가 다시 밀려오는 파도처럼 차는 달리고 있었지만 이미 방향을 잃어버렸다. 여태껏 맡아보지 못한 냄새, 한 번도 들어보지 못한 소리가 연거푸 다가왔다 사라졌다. 나는 겁이 났다. 눈발은 점점 거세졌다. 우리가 왔던 곳에서 너무 멀리 와버렸고 다시는 돌아갈 수 없을 것처럼 느껴졌다. 너덜너덜 풀린 윗옷의 앞섶을 꼭 여미고 앉아 왕소금은 숨을 헉헉 내쉬었다. 저러다 왕소금이 죽어버리는 것은 아닐까 나는 정말 걱정되었다.

나는 무언가 어긋나고 있다는 것을 느꼈다. 나는 계기판의 시계를 힐끔 봤다. 해지기 전에 닿을 수 있을까 하는 생각이 들었다. 어쩌면 이런 것들을 물어보고 싶었다. 이를테면 이런 상태로 계속 달리기만 할 것인지. 한 번도 경험해본 적 없는 시간 속으로 아침부터 저녁까지 달릴 수 있는지. 오직 명파리만 생각하며 모래알 쌓인 해변을 달리다가 어떻게 곧바로 뒤돌아 집으로 돌아갈 수 있을지가 궁금했다. 그렇지만 아무 말도 하지 않았다. 잃어버리고 잊어버리는 일에 나는 익숙했으므로.

"즌화가 없어졌……."

왕소금은 눈을 치뜨며 앉은 자리를 샅샅이 뒤지더니 안절부절못했다. 내 핸드폰으로 왕소금에게 전화를 걸어봤지만, 신호만 들리더니 묵묵부답이었다. 진정하라는 내 말을 듣지도 않고 자동차 바닥을 이 잡듯 훑고 있었다.

"없어?"

노랑머리가 재차 확인했다.

"안 보여."

나는 난감한 목소리로 대답했다.

"그걸 왜 이제?"

노랑머리는 뒷자리의 왕소금을 향해 소리를 버럭 질렀다. 왕소금은 미로에 빠진 짐승처럼 허둥거렸다. 당장 돌아가야 할 일인지 판단해야 했다. 노랑머리는 이미 돌아갈 거리와 시간을 체크하고 있는 듯했다. 차에서 내린 적은 딱 두 번이었다. 음식점과 휴게소 중, 한 곳일 것이다. 눈이 쌓여가는 도로는 해 질 무렵이 되자 더욱 미끄러웠다.

"할매, 아까 넘어질 때 떨어진 거 아냐?"

"몰러……."

어쩔 수 없이 눈길을 한참 달려 노랑머리는 마을회관 앞에 차를 세웠다. 우리는 길을 묻기 위해 안으로 들어갔다. 회관 안에는 백발의 할아버지 몇이 앉아 있었다.

"어르신, 명파리가 여기서 얼마나 되나요?"

노랑머리는 갈 길이 태산 같다는 걱정 가득한 표정으로 물었다.

"저어기 재를 하나 넘어야 하드래요. 이렇게 눈이 와서 원……."

그렇게 말을 하더니 노인은 부스스한 머리를 쓸어 올리며 밖으로 나와 말했다.

"눈 때문이기도 하지만 명파리에는 이제 아무것도 없

어야……개발 바람이 불어서 동네도 사라지고 사람들도 모두 떠났드래요.”

왕소금은 눈을 잔뜩 찡그리고 노인을 쳐다보며 중얼거렸다.

“마을 이장이 전화를 했는데……어머이 산소가 무연고로……나중에야 알고 연락을…….”

노인은 기가 찬다는 듯이 하늘을 올려다보며 손을 마구 내저었다.

“뭐이 눈이 오잖소야! 눈이 온 세상으 마커이 뒤덮었사요”

왕소금은 노인네들을 물끄러미 쳐다보았다. 사방을 둘러보아도 온 세상이 하얀 눈에 덮였다. 나는 이제껏 한 번도 이런 광경을 상상조차 못 했다. 지나온 어느 곳, 이제 맞닿게 될 어디쯤에서도 눈이 내리고 있을 것이다.

“명파리가 눈앞인데…….”

노랑머리는 지도를 들여다보며 말했다. 왕소금의 눈빛이 반짝했다. 노랑머리는 눈 쌓이는 도로를 바라보더니 고개를 절레절레 저었다. 왕소금은 이미 오래전의 기억에 사로잡힌 듯 뒷자리에 바투 앉아 있었다. 군용트럭 한 대가 노란 후미등을 밝힌 채 지나갔다. 노랑머리는 트럭이 지나간 바퀴 자국을 따라 조심스레 차를 움직였다. 멀리 보이던 잔설에 덮여 있던 밭고랑과 논둑들이 눈앞에 펼쳐졌다. 야산 노송 위에 쌓여 있던 눈덩이들이 털썩 무너져 내리는 소리가 골짜기를 흔들었다.

"택시 운전한 지 오래지만 이런 눈길은 처음이야."

좁은 길로 방향을 바꾸며 노랑머리가 한마디 툭 던졌다. 왕소금과 나는 긴장되어서 숨죽이고 있었다. 이정표는 잘 뭉쳐 놓은 눈사람처럼 서 있었고 주파수가 바뀐 채 지직거리는 라디오 소리는 우리가 어디쯤 지나고 있는 건지 알 수 없게 했다. 방금 넘어 온 고개는 꽤 높았다. 이 눈 속에서 한 번 더 그런 고개를 만난다면 힘들 것이다. 경계가 없어졌다. 우리는 제각각 자신의 명파리로 향했다. 고갯마루에 겨우 올라서서 바퀴가 헛돌더니 차가 멈췄다. 우리는 차에서 내려 사방을 둘러보아도 지금 서 있는 곳이 어디쯤인지 전혀 알 수가 없었다. 눈은 점점 쌓여가고 있었다. 눈보라 너머 떠오른 달처럼 흐릿한 불빛이 보였다. 어디선가 사람들 소리가 들렸다. 우리는 소리 나는 쪽으로 갔다.

"고생 끝에 낙이 오나니……."

흰 눈밭, 커다란 바위 위에서 한 여자가 구성지게 축원을 올리고 있었다. 제단에 마련된 간단한 음식을 올려놓고 굿판을 벌이고 있었다. 그곳에는 할머니들이 쌀을 올리고 지극히 기도하는 모습이 보였다. 정초 해맞이 기도를 올리는 의식을 치르는 동안 악사들은 태평소를 불고 북을 두드렸다. 붉은 도포 자락을 휘날리며 무당이 뛰기 시작했다. 하얀 눈 위에 붉디붉은 꽃이 피어올랐다. 넘실넘실 춤추며 타오르는 불꽃이 이 산에서 저 산으로 뛰어다녔다. 이리저리 흔들리던 불꽃들은 끈을 놓친 풍선처럼 하늘로 솟구쳐 올라 어딘가로 사라졌다.

종이를 구겨놓은 것처럼 왕소금의 표정이 일그러졌다. 그녀의 눈동자가 흔들렸다. 왕소금은 한동안 숨을 내뱉지 않았다. 무거운 시간이 흘렀다. 나는 왕소금의 손을 잡았다. 그녀의 손은 마른 나뭇잎처럼 푸석거렸고 조금만 꾹 쥐어도 바스라 질 것 같았다. 주름투성이 마른 뺨을 씰룩대며 힘겹게 눈꺼풀을 들어 올렸다. 왕소금이 노랑머리에게 안기었다. 팔에 안기자마자 주저앉을 것처럼 휘청거렸다.

북소리가 빠르게 울려 퍼졌다. 무당이 모둠발로 뛰기 시작했다. 나는 심장이 요동쳤다. 왕소금이 “어머이, 어머이” 하며 흐느꼈다. 노랑머리는 손등으로 눈물을 훔치며 왕소금의 등을 다독였다. 왕소금은 딸꾹질까지 하면서 서럽게 울었다. 북소리가 잦아들 즈음, 눈이 그쳤다. 불꽃이 한 세계에서 다른 세계로 건너가듯 사라지고 있었다. 내가 뭘 본 것일까. 꿈길을 다녀온 듯 어리둥절했다. 세 사람은 웅덩이에 빠진 사람처럼 허우적대다가 겨우 차에 올라탔다.

"여기가 어디지?"

노랑머리의 목소리가 귓가에 머물다 저 멀리 사라진다. 아빠가 손을 흔든다. 아빠가 나를 번쩍 안아 트럭 조수석에 태운다. 나는 날아가는 새들과 함께 달린다. 구름 타고, 바다 건너 엄마에게도 손을 흔든다. 어느 순간, 나는 아기가 되어 아빠 품에 안겨 있다.

전조등 불빛을 비추며 차는 어둠 속을 달렸다. 톨게이트를 지나 서울 방향 고속도로로 진입하니 도로는 제설 작업이 벌써 끝나있었다. 노랑머리는 능수능란하게 차선을 넘나들었다. 어떨 땐 핸들을 급하게 꺾는 바람에 몸이 한쪽으로 쏠리기도 했지만, 왕소금은 몸을 뒤척이며 '휴대폰을 찾아야…하…' 라는 잠꼬대하다가 깊은 잠에 빠져버렸다.

노랑머리와 나는 깔깔거리며 밤거리를 달린다.

'이것덜은 왜 웃구 지랄덜이여?'

왕소금은 금방이라도 일어나 장구 치듯이 노랑머리와 내 등짝을 번갈아 패댈 것만 같다. 가슴으로 얼음물이 고랑을 이루며 찌르르 흐른다. 쭉 뻗은 고속도로 양옆으로 방음벽이 길게 이어진다. 아무리 소리 질러도 들리지 않을 것 같은 수많은 사연이 어둠 속으로 휙휙 지나갔다. 노랑머리가 운전하는 택시는 밤의 고속도로를 거침없이 달렸다.

해설

천사의 부서진 날개를 꿰매어
-엔트로피 현상의 미로에서 출구 찾기

김선주(문학평론가)

1. 상징과 소외의 서사

『하와이 펭귄』은 정글 같은 일상과 천민자본주의의 차가운 얼굴을 예리한 상징과 알레고리로 형상화하고 있다. <해마가 사막을 건너려면>의 '해마'는 생과 사의 상징성을 띤다. 해초나 산호에 꼬리를 감고 수심 깊은 바다에서 생존을 벌이는 해마는 해마체가 붙잡고 사는 기억 조각을 떠올리게 한다. 해마가 바다를 건너기 위해 꼬리로 바짝 붙든 여린 나무 막대는 화자의 일생 내내 절대 잊혀지지 않는 아버지의 상징이다. 그 기억은 여리고 아스라하지만 무엇보다 끈질긴 생명력으로 우리 심성 저편을 가로지른다.

정신적 고향과 떠도는 자아의 상징은 <명파리 가는 길>의 '명파리'와 '택시'에서도 잘 드러난다. 작가는 세 사람의 각기 다른 인생을 영동고속도로 위에 펼쳐지는 여로의 서사에 살며시 포갠다. 그래서 비좁은 택시 공간에 모인 세 사람의 인생을 한데 모은다. 택시는 고향을 찾아 떠도는 세 사람의 상징이다. 폭설 앞에서 헤매는 세 사람 앞에 명파리는 공통의 시원으로 다가온다. 왕소금의 고향 명파리는 서서히 노랑머리와 화자의 정신적 고향으로 확장된다.

<제자리 뛰기>의 '킹마트'와 '쇼핑 게임 장난감 세트'의 풍유적 관계는 생존과 유희의 공간이 어울리는 역설적 상황을 일깨운다. 자본주의 사회에서의 생산 체제가 아이들의 놀이공간으로, 소비자가 아이들로 비유된다. 실제로 킹마트는 아빠 엄마 없이 방치된 소녀에게 생필품을 얻을 수 있는 유일한 장소인 동시에 또래 애들과의 놀이공간이다. 이러한 시공간적 배경은 '소녀와 킹마트'를 '인간과 자본주의 사회'로 확장하여, 어른들의 미성숙함을 밝힌다. 특히 새끼를 해치는 햄스터의 상징은 시도 때도 없이 아이를 방치하고 집을 나간 화자의 엄마를 신랄하게 꼬집는다.

이러한 자본주의의 그늘은 <제일상가 사람들>에서도 발견된다. 작가는 생산과 파괴의 한 끗 차이를 꼬집으

며 재개발지역에 홀로 남아 사멸을 기다리는 '제일상가'에 초점을 맞춘다. 제일상가를 의인화하여 죽음 앞에 놓인 개체의 쓸쓸한 운명을 섬세하게 포착하고 있다. <먼지 폭풍>에 나타난 삼백빌라의 붕괴 양상은 무너지는 자아와 모럴의 상징이다. 작가는 건물이 철거되는 날에 식물인간으로 사는 남편을 빌라에 방치한 채 도망 나온 여성의 심리와 사정을 핍진하게 그려낸다.

한국말이 어눌해서 종종 욕을 먹었다. 그때부터 얀은 상대가 자신을 외면할까 봐 침묵할 수밖에 없었다. 얀이 반응을 보이지 않자 전화를 끊어버리기도 했다. 얀은 수화기를 들고 얼굴이 벌게져서 안절부절못했다. 첫날 다섯 명의 아가씨가 얀에게 전화를 걸어왔는데 얀은 단 한마디 말도 못했다. 누군가가 자신에게 전화를 한다는 자체가 얀에게는 상상할 수도 없는, 굉장한 일이었다. 몇 년째 가족들의 소식도 모르는 채 지낸 얀은 무척 외로웠다.

얀의 목소리는 조금 들떠 있었다. 여자는 누구보다도 간절했다. 눈앞에 있는 끈을 잡지 못하면 다시는 기회를 찾지 못할 것 같은 불길한 예감이 들어 용기를 내서 말했다. 얀은 여자의 목소리를 아는지 모르는지 떠듬거리며 말을 이어갔다. 여자는 친절한 전화방 도우미가 되어 손님의 하소연을 듣고 있었다.

"아가씨는 어디 살아?"

"근처에."

"잠시 얘기나."

"이야기보다는 만나고 싶은데."

얀은 깜짝 놀라서 한참 대답하지 않았다.

"한국말을 못 해서 말을 더듬거리면 아가씨들이 전화를 끊어버렸는데, 만나자고?"

"상관없어요. 아저씨가 하자는 대로 할게요. 대신 용돈 조금만 주시면 돼요."

"돈이...... 없는데."

—〈케이지〉 중

이 작품에서 전화방의 상징성은 매우 탁월하다. 외국인 노동자인 '얀'은 타인과 속 깊은 대화를 나눌 기회가 많지 않다. 그는 어눌한 한국말과 이방인에 대한 선입견으로 아마 무수한 따돌림을 받았을 것이다. 전화방은 그런 그에게 타인과의 대화 가능성을 시사한다. 전화방의 익명 시스템은 얀과 같은 사람들에게는 용기를 주기에 충분하다. 사람들은 서로를 온전히 차단하지도 내보이지도 못하는 벽 하나를 사이에 두고 가까운 듯 먼 듯 모여 있다. 돈만 있다면 한국말이 서툴더라도 대화는 물론 만남의 기회도 생긴다. 철저히 자본주의 시스템으로 굴러가는 전화방은, 소외와 소통의 이중성을 지닌다. 즉 전화방은 우리 사회의 ‘관계성’에 대한 상징이다.

전화방의 상징성은 공장 단지들이 다닥다닥 붙어 하나둘씩 문을 닫는 A공단으로 확장된다. 시에서 미등록 외국인을 단속하느라 단지 내 상가들의 폐업이 잇따랐다. ‘여자’의 전화방 또한 폐업 위기에 놓인다. 활기를 띠던 방들은 텅텅 비어가고 여자는 당장 먹고사는 문제와 싸워야 한다. 사지로 내몰린 여자가 접대 아가씨로 위장해 얀을 W모텔로 유인하고 갱단에게 팔아넘긴다. 전화방의 상징성이 소통에서 단절 혹은 가짜 소통으로 전환하고 있다.

정글 같은 A공단과 스산한 전화방 풍경의 ‘상징성’은 구관조에게로 옮겨간다. 구관조는 무려 천 단어를 말할 줄 아는 놀라운 능력을 지니고 있다. ‘앗살라말라이쿰(평화가 깃들기를 바란다)’은 그의 장기이자 입버릇이다. 다국적 언어의 소유자인 구관조를 정글 같은 A공단과 무수한 이방인이 드나드는 전화방의 상징으로 읽을 수 있다. 동시에 단편적 단어를 발화하는 데 그치는 구관조의 어눌한 어휘력은 얀과 같은 외국인의 상징이기도 하다. 날개를 잘리지 않으려고 매일 같이 여자에게 쫓겨 다니는 구관조는, 단속반에 쫓기는 얀의 자취와 마주 본다.

구관조와 얀의 진심 어린 우정은 소통의 의미에 대해

되묻게 만든다. 이처럼 작가는 전화방이나 A공단 혹은 도박장으로부터, 살아 움직이는 개체로서의 구관조에게로 상징성을 옮기며, 소외와 단절의 풍경 위로 따뜻한 소통의 한 장면을 길어 올린다. 그러나 얀이 단속반에 붙잡혀감으로써 휴머니즘은 실패하고, 싸늘한 자본주의 사회의 그늘만이 조명 아래 드러난다. 드디어 탈출에 성공한 구관조가 비상하며 도시를 조망한다. 이러한 동물의 시선은 <하와이 펭귄>에서 과거로부터 쫓겨다니는 인물의 절망 어린 삶을 비춘다.

> 검은 봉지가 여기저기 쌓여 있었다. 그것들은 늙은 호박 크기만 한 사이즈였다가 나중에는 혼자 힘으로는 들 수 없을 만큼의 사이즈로 커졌다. 검은 봉지 찢어진 쪽으로 죽은 짐승의 발이 튀어 나와 있었다.
>
> "아이고, 이게 뭐꼬!"
>
> 형수는 단말마의 비명을 질렀다. 사내는 그런 형수를 보고 별나다는 듯 째려보았다.
>
> "아, 글게 일이 험하다 했잖여."
>
> 검은 비닐봉지 안에 들어 있는 물체를 꺼내 보진 않았지만, 형수는 그것들이 한때는 동물원에서 관람객들을 맞던 동물들이라는 확신이 들었다. 사내는 형수가 들고 있던 비닐봉지 묶음을 통째로 낚아채 갔다.
>
> "서 있지 말고 얼른, 얼른혀라."

사내의 재촉에 형수는 축축하고 묵직한 저항이 느껴져 비닐봉지를 잡았다 얼른 내려놓았다. 마치 못 볼 것을 본 사람처럼 얼굴을 옆으로 돌린 채 폐기물들을 수레에 옮겼다. 형수의 가슴에 고인 울음이 바닥으로 가라앉았다. 시간이 흐를수록 그의 표정은 새파랗게 질려 있었다. 허벅지는 바위처럼 굳어지고 손목이 부러질 것 같은 통증이 팔 전체에 느껴졌다. 형수는 무릎을 꿇고 손을 뻗었다. 길쭉하게 생긴 검정 비닐봉지 하나가 눈에 들어왔다. '앙고라 토끼(암컷)'라고 연습장을 찢어 쓴 이름표가 붙어 있는 봉지였다. 겨울이라 그나마 덜 부패하긴 했으나 냄새가 코를 찌른다. 비닐 테이프로 아무렇게나 묶은 검은 덩어리가 돌처럼 굳어있다. 동물원에서는 검은 비닐봉지에 담길 수밖에 없는 그것들의 운명에 대해 함구한다. 바닥에 붉은 핏물 자국이 묻어있고 야생동물의 발톱 몇 개가 비닐봉지를 뚫고 삐죽 나와 있다.

— 〈하와이 펭귄〉 중

이 소설은 생명 경시의 풍경화를 펼친다. 칙칙하고 음울한 색감과 자조적 터치가 이룬 황폐한 스케치는 소설 전체에서 '피'와 '검은 봉지'의 오브제를 눈여겨보게 한다. 검은 봉지는 서사 중심에 다다랐을 때 동물원에 펼쳐질 피의 복선 장치라고 할 수 있다. 검은 봉지는 이야기의 도입부에서 "마치 살아 있는 생물처럼 부르르 몸을 떨며 파닥"이는 몸짓으로 등장한다. 봉지 속엔 다름 아닌 순대가 들어 있었다. 이후 순대는 녹용과 사슴피의 이미지를 낳는다. 동물원의 본격적인 철거 작업이 시작되자 검은 봉지는 다시 출현하는데, 동물들의 사체가 담겨 있다. "앙고라 토끼(암컷)라고 연습장을 찢어 쓴 이름표"를 아무렇게 달고 다른 수북한 검은 봉지와 뒤엉켜 있다. 이처럼 검은 봉지는 화자에게 나타날 끔찍한 장면을 가렸다가 활짝 열어 보인다.

하와이 모텔의 유리창에 덕지덕지 붙어 냉풍을 막는 검은 봉지는 바깥 현실을 내다보지 않으려는 화자의 심리를 일러준다. '형수'는 모텔로 돌아와 펭귄을 살리려고 방안으로 찬바람을 불러들인다. 추위를 막던 검은 봉지를 사방으로 뜯어내 꽉 막힌 모텔 방을 바깥으로 개방한다. 이러한 행위는 현실이 끼치는 냉기에 대한 방어 기제를 풀고 똑바로 아픔을 노려보려는 화자의 강한 의지를 내보인다. 펭귄은 과거 그가 병원에 버려두고 도망친 자식의 주검과 오버랩된다. 그는 펭귄을 껴안고 소주도 꽝꽝 얼 정도의 추운 냉장고 안으로 틈입한다.

냉장고는 세상을 차단하고 오직 펭귄과의 소통을 바라는 형수의 심리를 드러낸다. 펭귄은 형수의 가슴 속에 남은 어린 자식과의 소통이자 죄업 내지는 죄의식의 거울이다. 얀이 세상과의 소통을 위해 전화방으로 틈입

(<케이지>)한 것과 달리 형수는 세상과 단절되고자 냉장고 안으로 들어간다. 왜냐하면 그는 평생 "괜찮아"라는 말로 애써 현실을 회피하며 바깥세상만을 떠돌았다. 바깥 풍경이 아닌 자기 가슴 속에 잠든 어린 자식의 주검으로 이제는 시선을 돌리려는 것이다. 펭귄은 형수에게 제자리로 되돌아갈 기회이다. 즉 자식의 죽음과 슬픔을 정시하며 그 죽음 너머로의 방황을 중지하려는 것이다.

작중 인물은 한결같이 고향이나 가족을 떠나왔다. 김혜주의 페르소나들은 연어처럼 그곳으로 거슬러 오른다. 소설들은 그 여로의 타이밍을 순간 캡처한 시공간을 펼친다. 새 아빠와 엄마를 기다리는 소녀의 제자리 뛰기(<제자리 뛰기>)는 가족 혹은 고향으로의 열띤 발돋움이다. 더 이상 되돌아가지 못할 근원적 시공간(<제일상가 사람들>)을 결핍으로 간직한 사람들이 우리 사회에 무수하다. 김혜주는 헐벗은 사람들의 사라진 존재 근거를 되찾는 방법을 찾고자 한다. <명파리 가는 길>과 <해마가 사막을 건너려면>은 고향과 가족을 찾아 과거로 거슬러 오르는 여로의 서사를 형상화하고 있다.

2. 가상 혈족

김혜주는 '고향'과 '현실'을 오르내리는 여로형 서사 형식으로 '홀로 살아 있는 인간'을 형상화한다. <하와이 펭귄>의 '형수'는 돈이 없어 어린 자식의 주검을 병원에 버려둔 채 도망쳐 평생 홀로 세상을 떠돈다. <케이지>의 '미등록 외국인들'도 정글 같은 타향 어디에서도 기댈 자리를 찾지 못하고 쫓겨 다닌다. <제자리 뛰기>의 '소녀'는 새 아빠와 엄마로부터 방치돼 어른들의 자본주의 지평을 헤매고 있다. <제일상가 사람들>의 '제일상가'는 쓸쓸히 홀로 죽음을 기다린다. <먼지 폭풍>의 '모녀' 혹은 '부부'는 서로에게 다가가지 못하고 하루살이 중이다. 이처럼 현실은 '고아'나 '단독자'의 인간 형상을 제시한다.

고향은 '가족주의의 해체'가 시작된 곳이다. 가족에 대한 아픈 기억이 숨 쉬는 장소로서 현재 작중 인물이 처해 있는 현실의 빅뱅 영역이다. <해마가 사막은 건너려면>의 '장경수'는 댐 건설로 수몰될 위기의 고향 마을을 찾는다. 그에게 고향은 사람과 전통적 가치를 상품화하고 돈 때문에 아귀다툼을 벌이는 천민자본주의의 얼굴로 다가온다. 마을 어귀에는 "고향이 아예 없거나 잃어버렸다면 고향을 만들어준다는 제안"이 현수막에 걸려 펄럭이고, 경천 댐 건설에 대한 찬반 여론으로 공동체는 이미 굵은 균열을 일으키고 있었다.

애써 아버지를 떠올려보려 해도 실제로 아버지 얼굴이 잘 떠오르지 않았다. 나에게 아버지라는 존재는 혈연으로 만들어진 부성이라는, 세상이 가지는 구체성이 사라지고 이상화되거나 관념적으로 각인되어 있었다. 아버지와 고향은 그렇게 이중적으로 겹쳤다. 아버지의 고향은 '좋은 것'보다는 '하염없는 것'이었다. 지붕에 풀이 돋아나 있던 장면, 어른들의 맥없는 눈빛과 퇴락해가는 고향의 풍경들에 근거 없는 향수나 동정이 생겨났다. 세월이 더 흐르면서 아버지도 또 하나의 기둥으로 고향에 존재했다. 실제의 아버지처럼 고향도 사라지면 머릿속에서 결합된 고향과 아버지는 하나의 등가형태로 내게 남을 것 같았다. 지푸라기 같은 막대를 몸에 감고 바다를 떠다니는 해마에 마음을 빼앗기는 이유도 그런 이유였다. 꼬리도 없고 배지느러미도 없지만, 그것은 가장 신비롭고 경이로운 형태로 돌아오거나 돌아가는 중이 아닐까 생각했다. 아버지의 걸음걸이처럼 조용하고 느리지만 이착륙하는 헬리콥터처럼 수직으로 헤엄치는 해마는 홀로 푸른 바다를 떠돌 것이다. 문득, 빈 둥지였을 아버지의 보육낭이 떠올랐다.

—〈해마가 사막을 건너려면〉 중

이 작품은 연약한 존재가 사막을 건너 제자리로 회귀하는 기나긴 여정을 펼친다. 화자에게 아버지는 언제나 사막의 이미지로 다가온다. 즉 "세상이 가지는 구체성이 사라지고 이상화되거나 관념적으로 각인"된 존재로서 모래알이 흩어지듯 아버지의 윤곽은 뿔뿔이 해체되었다. 댐이 들어서 마을이 물에 잠기면 "머릿속에서 결합 된 고향과 아버지는 하나의 등가형태"로 "좋은 것"보다는 "하염없는 것"으로 다가올 것이다. 고향은 연약한 해마가 안간힘으로 붙잡은 '지푸라기 같은 막대'일지 모르겠다. 고향 풍경은 아버지에 대한 기억을 겨우 고정한 너무 소박한 지지대가 아닐까? 고향 속 "어른들의 맥없는 눈빛과 퇴락"의 자취들은 너무나 여리고 아스라하다.

아버지에 대한 화자의 기억을 댐이 바짝 동여맨다. 마치 고향의 상실을 가짜 고향으로 보충하는 자본주의 논리와 같이 댐이란 아버지의 영원성인 것이다. 아버지 이미지는 너무나 하염없겠으나 댐에 기대 튼튼한 기둥으로 화한다. 화자가 촬영한 고향 마을은 바로 그 기둥의 실증이라고 할 수 있다. 그곳에 찍힌 아버지의 집은 화자에게 영원히 간직될 것이다. 그러나 카메라에 담은 고향집 아버지의 작은 방은 돈을 주고 사는 대체 고향처럼 실제를 보루堡壘로 "재구성된 이야기"다. 이러한 대체 고향과 그 흔적들은 가족 관념을 통해 '유사 혈족'의 모럴을 낳는다.

"명파리가 눈앞인데……."

노랑머리는 지도를 들여다보며 말했다. 왕소금의 눈빛이 반짝했다. 노랑머리는 눈 쌓이는 도로를 바라보더니 고개를 절레절레 저었다. 왕소금은 이미 오래전의 기억에 사로잡힌 듯 뒷자리에 바투 앉아 있었다. 군용 트럭 한 대가 노란 후미등을 밝힌 채 지나갔다. 노랑머리는 트럭이 지나간 바퀴 자국을 따라 조심스레 차를 움직였다. 멀리 보이던 잔설에 덮여 있던 밭고랑과 논둑들이 눈앞에 펼쳐졌다. 야산 노송 위에 쌓여 있던 눈덩이들이 털썩 무너져 내리는 소리가 골짜기를 흔들었다.

"택시 운전한 지 오래지만 이런 눈길은 처음이야."

좁은 길로 방향을 바꾸며 노랑머리가 한마디 툭 던졌다. 왕소금과 나는 긴장되어서 숨죽이고 있었다. 이정표는 잘 뭉쳐 놓은 눈사람처럼 서 있었고 주파수가 바뀐 채 지직거리는 라디오 소리는 우리가 어디쯤 지나고 있는 건지 알 수 없게 했다. 방금 넘어 온 고개는 꽤 높았다. 이 눈 속에서 한 번 더 그런 고개를 만난다면 힘들 것이다. 경계가 없어졌다. 우리는 제각각 자신의 명파리로 향했다. 고갯마루에 겨우 올라서서 바퀴가 헛돌더니 차가 멈췄다. 우리는 차에서 내려 사방을 둘러보아도 지금 서 있는 곳이 어디쯤인지 전혀 알 수가 없었다. 눈은 점점 쌓여가고 있었다.

— 〈명파리 가는 길〉 중

작가는 여로의 한가운데를 캡처해서 협소한 택시 공간에 사로잡힌 세 사람의 모습을 확대하고 있다. 중간중간에 과거의 서사가 삽입됨으로써 세 사람은 얼마나 개성 강한 삶의 내력을 품은 인물인지 드러난다. 세 사람은 모두 고아이다. 왕소금은 자수성가로 큰 재산을 일궈 낡지만, 번듯한 자택 소유자다. 반면 제집 하나 없는 화자와 노랑머리가 왕소금의 집에 얹혀살고 있었다.

화자의 가정은 늘 요란했다. 아빠가 사기죄를 뒤집어써서 감방에 간 사이 엄마가 다른 남자와 집을 나갔다. 외할머니와 살다가 아빠가 출소하자 다시 단란한 가정을 이룰 수 있을 거라는 꿈은 좌절된다. 동물원에서 아빠 손을 놓쳐 미아가 되었다. 그 후로 영영 아버지와 재회할 수 없었다. 그런데 그때 손을 놓은 것이 자기였는지, 아버지였는지 화자는 진실을 헤아리기 어려웠다. 그 손을 잡아 준 것이 왕소금이다. 홀로 살아내는 삶이 너무나 버거워 여러 번 자살을 시도한 화자에게 어느 날 불쑥 왕소금이 나타났다. 노랑머리는 “오래전에 죽은 왕소금 친구의 딸”이다. 그녀는 마흔 넘은 아줌마 같은 얼굴로 서른 중반의 골드미스라고 한다. 술에 취해 허덕이던 그녀를 왕소금이 데려왔다.

이러한 세 사람의 사정이 로드 서사를 통해 달리는 택시 안에 응집된다. 택시는 세 사람 사이사이로 깊은 토포필리아(장소애)를 형성한다. ‘이푸 투 안’은 공간과 장소의 차이를 설정하며, 공간이란 끊임없이 유동하고 생산 중인 일상의 영역인데, 특정인의 가치, 취미, 고정관념, 추억 등이 그곳에 깃들면 장소가 도래한다고 했다. 즉 한 사람이 애착하고 있는 공간은 그의 토포필리아, 장소에 대한 사랑을 불러온다. 택시란 바로 토포필리아의 장소로서 세 사람의 가치관과 심성을 재구성하고 있다. 폭설 속에 갇힌 택시에서 세 사람은 한 장소를 동시 체험한다. "눈에 덮여 보이지 않는 이정표와 주파수가 바뀐 채 지직거리는 라디오 소리"는 세 사람의 명파리에 대한 방향성을 지운다. 온통 세상의 "경계가 없어"지자 그들은 "제각각 자신의 명파리로" 향한다. 명파리란 지명은 더 이상 왕소금의 고향에 한정되지 않고, 세 사람은 모두 저만의 정신적 고향으로 향하고 있다.

이처럼 작가는 일종의 '가상 혈족'을 통해 홀로 살아 있는 사람들에게 가족의 부재에 대한 대안을 제시하고 있다. 피도 추억도 다른 남남이 인정과 배려로 서로를 감싸는 미덕의 아름다움을 끈질기게 탐문 해간다. 장경수(<해마가 사막을 건너려면>)가 가족의 흔적을 찾아 아스라한 과거로 거슬러 올랐다면, 왕소금, 노랑머리, 화자는 현실을 끈질기게 정시하며, 자신이 살아 있는 현재에 새로운 가족을 창안한다. 폭설을 헤쳐 가는 세 사람의 끈질긴 발걸음과 작가의 산문정신이 오버랩된다. 그러나 가상 혈족, 정체성도 가치관도 다른 타인끼리 가족을 이루려면 아가페적 사랑이 필요하다. 이유도 대가도 추궁하지 않고 타인을 받아들인다는 '가상 혈족'의 창시자가 바로 '왕소금'이다.

3. 천사의 부서진 날개 : 제물과 먹잇감

세상에는 10명 중 9명이 악인이라는 유명한 말이 떠오른다. 이처럼 김혜주는 9명의 악인이 1명의 왕소금을 둘러싼 세계관을 형상화한다. <케이지>는 잡아먹고 잡아먹히는 정글 속 같은 무법지대와 두 명의 희생자를 제시한다. '얀'은 불법도박장과 가짜 인간관계가 촘촘한 그물망을 이룬 음침한 공단 뒷골목의 먹잇감이다. '여자'는 양심과 생존의 사이에서 서서히 그 뒷골목에 굴종해가는, 악한들의 소굴에 바쳐지는 제물이다. <하와이 펭귄>에서는 세계가 하나의 거대한 악의 소굴이고, 사람들은 양심을 팔아 도덕적 마비에 길들어져 있다. 형수는 자본주의의 냉엄한 얼굴에 취해 졸고 있는 동물원 사람들을 저항의 몸짓으로 흔들어 깨운다. 돈이 없어 자식의 죽음을 지켜봐야만 했던 그가 무고한 생명들의 희생 앞에서 눈을 뜬다.

<제일상가 사람들>과 <먼지 폭풍>에서도 먹잇감을

쫓는 자본주의라는 악이 횡포를 부린다. 터전과 사람들은 어느 날 갑자기 도시에서 치워지고 어딘가에서 우리 사회의 제물로 살아간다. 세상은 폭력과 파괴가 넘쳐나는 위험한 정글이다. 이러한 세상에서의 사람들은 모두 날개 잘린(<케이지)> 천사다. 천사란 제물의 삶에 굴종하길 거부함으로써 천민자본주의의 차가운 손길에 쫓겨 다니는 존재다. 지상은 천사들도 발 딛기 두려운 곳으로 홈에 끼워져 자본주의 레일을 따라 떠밀리는 삶이 기다린다. 제물은 그 홈을 따라 무한 순환의 노동에 처한다. <제자리 뛰기>의 '소녀'는 아직 날개가 자라지 않은 어린 천사로서 오늘날을 사는 제물과 사회의 알레고리다.

얼굴이 시뻘게진 두꺼비 아저씨는 보안직원들 앞에서 변명을 늘어놓느라 허둥댔다. 중요한 것은, 아무도 그 말을 제대로 들으려 하지 않는 다는 것이다.

"너 똑바로 말해. 휴게실 뒤쪽에서도 저 아저씨가 네게 그랬던 거 맞지?"

순수 언니는 나를 쳐다보며 눈을 끔벅거렸다. 고발해 버린다고 고래고래 악쓰며 소리 질렀다. 저러다 언니가 킹마트에서 쫓겨나면 어떡하나 걱정이 앞섰다. 나는 겁먹은 채 우물우물 입안에서 말을 씹었다. 가느다란 목소리가 소음에 묻혀서 공중으로 흩어져 버렸다. 아까 언니한테 돈 받았다고 불었기 때문에 똑바로 말하라는 언니 말에 잡아뗄 수도 없었다.

"아저씨가 돈……줬어요."

역시 짐작했다는 듯이 사람들의 눈이 휘둥그레졌다. 나는 몹시 양심에 찔렸지만, 눈 질끈 감고 시치미 떼었다.

"그기 아이라……니까! 나 참, 어이없네."

두꺼비 아저씨는 곧 울 것처럼 나를 쳐다보며 미치겠다는 표정을 지었다. 모든 상황은 두꺼비 아저씨를 궁지로 몰았다. 그걸 알아차린 것인지 아저씨는 바닥에 풀썩 쓰러졌다. 보안직원들은 두꺼비 아저씨를 일으키더니 양쪽에서 팔짱을 꼈다. 다리에 힘이 풀린 아저씨는 직원들 팔에 몸을 맡겼다. 보안직원들은 바닥에 떨어진 쇼핑 게임, 김치라면, 만두, 색연필을 주워 담더니 시야에서 총총 멀어져 갔다. 순수 언니도 고기 구우러 갔는지 보이지 않았다. 킹마트 안은 다시 소음으로 가득했다. 조금 전에 무슨 일이 일어났는지 모를 정도로 와글거렸다. 두꺼비 아저씨는 정말 밑 빠진 독을 막고 있을까. 두툼한 등으로 커다랗게 뚫린 구멍을 지그시 누르고 서 있을 아저씨 모습이 떠올랐다.

—〈제자리 뛰기〉 중

자본주의의 체제 가운데 가장 악마적인 것은 바로 위증이다. 정당성이란 미학적 폭력으로 심성을 흔들어 억

눌린 공포를 발생시키기 때문이다. 공포를 느끼는 주체조차 그 공포의 정체를 깨닫지 못한다. 본인도 모르는 사이, 쌓이고 쌓여 악한의 자아를 완성 시켜 어느 날 불쑥 날개가 부서져 흩날린다. 위의 대화 행간에는 억눌린 공포가 쌓여 있다.

순수 언니가 "너, 똑바로 말해"라며 화자에게 위증을 강요한다. 즉, 순수 언니는 자신의 거짓말에 동조하라는 뜻이다. 엄마가 돌아올 때까지 화자에게 순수 언니는 유일한 가족이다. 당장 언니가 강남으로 떠나버리면 화자는 다시 홀로 남아야 한다. 화자는 생존과 양심을 저울질한다.

순수 언니는 화자가 두꺼비 아저씨가 추행한 사실을 말하라고 추궁한다. 반면 화자는 돈을 받았는지 아닌지 말해야 할지, 말아야 할지 생존과 양심까지 걸고 갈등하고 있다. 두 사람은 서로 의미가 통하지 않는 대화를 이어간다. 결국 "아저씨가 돈……줬어요"라는 화자의 증언은 무지에 의해 위증으로 뒤바뀐다. 이러한 오해는 순수 언니와 화자의 사이로부터 백화점 사람들 전체로 확장된다. 순식간에 희생자와 제물을 만드는 자본주의 사회의 알레고리가 핍진하게 드러난다. 동시에 타인에게 베푸는 인정과 진심이 "밑 빠진 독을 막고" 물을 채우는 격으로 전락한 자본주의의 싸늘한 세태를 일깨운다.

순수 언니는 얀을 팔아넘긴 여자(<케이지>)와 비슷하다. 아무도 그녀의 행위를 맹목적으로 비판할 수 없다. 왜냐하면 킹마트에서 순수 언니의 제자리는 언제든지 다른 사람으로 대체될 수 있고, 그녀는 생존과 양심 사이에서 갈등하는, 희생양이 되지 않으려는 제물이기 때문이다. 이러한 제물의 인물 유형은 <먼지 폭풍>에서도 발견할 수 있다. 이 작품은 가장의 기능을 상실한 가족 모티프를 바탕으로 윤리적·도덕적 갈등하는 자아를 서사화한다. 여기에서 붕괴하는 삼백빌라는 인간성의 파국을 상징한다. 작가는 화자의 타락 과정을 차곡차곡 탐문 하듯이 서술하고 있다.

> 어둑한 공간 속에 질곡 많은 생을 묻어버리고 있을 남편. 고막이 터져버릴 것만 같은 폭음이 연이어 터진다. 거기에 돌처럼 굳어진 채로 누워있을 것이다. 먼지 폭풍이 하늘 위로 치솟는다. 한순간에 맥없이 무너질 거대한 몸집의 삼백빌라. 그쪽을 보니 동네 사람들이 빙 둘러서서 웅성거린다. 길에 있던 사람들이 모두 한곳을 쳐다보고 있다. 저렇게 많은 사람이 동시에 한곳을 쳐다보고 있는 장면이 낯설고 무섭다. 누군가의 절망 앞에서도 사람들은 환호성을 질러댄다. 박수갈채가 쏟아지는 것도 같다. 정신을 차리고 보니 시야는 온통 자욱한 먼지 속이다. 남편은 어디로 돌아가려 했을까. 종

일 눈이 아프도록 내다보았을 바깥세상. 중심에서 밀리며, 떠밀려가며 견뎌온 버거운 삶 하나가 세상 밖으로 떠나고 있다.

—〈먼지 폭풍〉 중

화자는 수시로 남편에게 폭행당한다. 남편은 늘 놀음과 술에만 빠져 가정을 돌보지 않는다. 견디다 못한 딸이 아버지를 향해 흉기를 들던 날이었다. 난폭한 가장의 모습으로 일관하던 그는 발을 헛디뎌 넘어지고 머리를 다친다. 천벌이 내렸는지 그는 식물인간으로 살게 된다. 그 후로 화자가 홀로 집안을 꾸리기 시작한다. 남편의 병 수발까지 들어야 해서 가정 형편은 늘 어려웠다. 멀쩡할 때도 힘들게만 하던 남편이었기에 "세상의 모든 짐은 내게 떠맡기고 곤하게 자는 남편의 얼굴"은 화자에게 분노를 일으켰다. 홧김에 남편의 목에 흉기를 찌르려던 그녀를 딸이 발견하고 말린다. 그 후로 딸은 돈을 벌어서 돌아오겠다며 집을 나간다.

이 작품은 '부부'와 '모녀'와 해체 서사가 극적 긴장을 낳는다. 남편은 식물인간이 된 후 자리에 누워 침묵을 지키며 창밖만 바라본다. 부부는 각자의 중심에서 떠밀려 버거운 삶을 견딘다. 남편은 세상으로부터 유리되어 지난 과거 속에서만 뛰어다닐 수 있었다. 그 회상은 참회의 시간이었을까, 원망의 시간이었을까? 원망의 시간이었다면 그 원망의 대상은 자기 자신이었을까, 아내와 딸이었을까? 아내 또한 세 식구의 생계와 남편의 병원비를 충당하느라 좌절과 인내의 경계를 헤맸다. 단란한 가정의 꿈은 무너졌고 남편이 그렇게 그리워했을 세상으로 나아가 엄혹한 현실에 시달렸다.

화자는 일하느라 고달픔에 지쳐서도 사라진 딸을 찾아 사방을 헤맨다. 딸의 전화는 늘 꺼져있다. 망망대해에 편지를 담은 유리병을 띄우듯 매일 매일 라디오에 사연을 보낸다. 그러나 응답은 돌아오지 않는다. 딸은 어머니가 아버지를 해치려던 날, 정녕 돈이 모두 해결해 주리라고 믿었던 것일까, 집으로 다시 돌아왔을 때 과연 어머니와 아버지가 그 모습 그대로 자기를 기다렸을 거라고 믿었던 것일까, 딸은 과연 희망을 믿었을까? 딸은 세상 어딘가에 서 있을 또 다른 삼백빌라처럼 무너져가고 있는 것은 아닐까?

"이봐, 자네는 눈치채고 있었겠지만 난 무척 두려웠어. 애써 핏덩이일 뿐이라고 변명했지만 헛수고였어. 밤마다 잠을 잘 수가 없었지. 다른 사람들은 그렇다 치고라도 스스로 견딜 수가 없었어. 사고가 일어난 날, 차라리 마음이 편안했어. 벌을 받는구나, 하는 생각이 들었어. 이 두 손으로 그동안 무슨 짓을 저지른 건가. 정신이 번쩍 들었어. 죗값을 치르고 나와 나는 의사라는 직업을 버렸어. 태평양 바다를 건너갔지. 거긴 나를 알아보는 사람들이 없으리라 생각했어. 나는 사람을 살리는 의사가 아니었던 거야. 수많은 생명을 앗은 내 두 손을 잘라버리고 싶었어. 하지만 비겁하게도 겨우 오른손 검지를 하나 버렸네. 그 후로 신학을 공부했어. 그렇게 매달리지 않고서는 살 수가 없었지. 나는 어이없게도 살려고 신에게 매달렸어. 신은 어디에서나 있었고 때로는 아예 없을 때도 많았어. 어쩌면 신은 모든 살아가는 과정 안에 있었는지도 모를 일이지. 사람 사는 곳은 어디나 마찬가지더군. 나는 술을 마시면 옛집을 찾아가는 버릇이 있어. 아무튼 미래의 집을 찾아갈 수 없잖아. 어디에 있는지 모르니 말이야. 그럴 때마다 이곳이 그립기도 했고, 그런 걸 보면 나도 얼마 남지 않은 거 같아. 마침, 자네 소식을 듣고 이렇게 달려왔네. 고통의 시간이 지나면 편안해질 걸세. 자네를 위해 내게 기도할 기회가 주어진다면 좋겠네. 참으로 뻔뻔한 소리지?"

그는 나무로 만든 좁은 계단을 통해 다락방으로 올라갔다. 어두컴컴한 그곳은 병원에서 그가 가끔 혼자 있고 싶을 때 찾는 공간이었다. 발을 내디딜 때마다 먼지가 풀썩거렸다. 인생의 먼 길을 돌아온 초로의 남자가 작은 책상 앞에 무릎을 꿇었다. 낮은 중얼거림은 부유하는 공기처럼 대기를 떠다녔다. 내 몸 어딘가에 그의 중얼거림이 가라앉기 시작했다. 뒤이어 남자의 어깨가 들썩거렸다.

— 〈제일상가 사람들〉 중

이 작품은 제일 상가를 의인화하여 재개발 현장의 비극성을 부각하고 있다. 작중 인물은 붕괴 직전의 장소를 참회와 고백의 차원으로 전유하여 일종의 '성소(聖所)'를 탄생시킨다. 종교사학자 엘리아데는 세계를 성스러움과 속됨의 이중적 시공간으로 파악했는데, 속된 세계 지평에 일종의 성소가 현현할 때 성과 속의 경계선이 발생한다. 성소의 영역은 거룩하고 귀한 장소로서 그 자리는 세계의 중심을 이룬다. 종교적 인간에게 삶의 모든 가치나 방향성은 그 중심을 통해 구성된다. 이처럼 조두진 원장이 제일 상가 앞에 지난 과오를 고백할 때, 철거 딱지가 사방을 뒤덮은 낡은 상가 건물은 거룩한 기도의 현장으로 화한다.

이러한 기도의 현장은 의인화를 통해 상호적 관계를 형성한다. 묵묵히 죽음을 기다리는 제일상가를 향해 조두진이 던지는 "자네를 위해 내게 기도할 기회가 주어진다면 좋겠네. 참으로 뻔뻔한 소리지?"라는 말이 진정한 참회의 시간을 획득한다. 이러한 남자를 향해 제일 상가는 그의 아픈 기억들이, 죽음을 맞이할 자기와 함께 사라져주기를 기도한다. 이러한 장면은 서로의 명복을 빌며 타인을 변화시키는 기도의 가능성을 시사한다.

제일 상가는 '제일상가 사람들'의 정신적 고향이었다.

조두진, 유리, 동화 등 하나둘씩 따뜻한 과거에 목말라 제일 상가로 되돌아온다. 그러나 제일 상가의 정신적 고향은 그들과 함께한 즐거운 옛 시간이었다. 김혜주의 소설 세계는 정신적 고향에 목마른 헐벗은 존재자가 근원으로 거슬러 오르는 여로의 과정을 형상화하고 있다. 작가는 <해마가 사막을 건너려면>에서는 실종된 아버지의 고향을 찾아가 진정한 아버지의 형상을 창안하는 자기 구도적 과정을 밟는다. <하와이 펭귄>에서는 잃어버린 핏줄을 또 다른 형식으로 그려내며 자기 근원을 존재론적 죄의식으로 구성한다. 즉 두 작품은 가족을 통해 자기 정체성과 해방을 그리고 있다. 이러한 과정을 지켜볼 때 행복과 구원은 자기 계보를 지키되 죄의식의 세계를 똑바로 마주 보는 것이어야 한다. 그것이야말로 진정한 현실참여이다. 가족주의는 전 작품에서 반복되어 나타난다. 타향에서 가족에 대한 향수를 불러일으키거나(<케이지>, <명파리 가는 길> <제일상가 사람들>), 극단적 가족 해체가(<제자리 뛰기>, <먼지 폭풍>)으로 형상화된다.

<명파리 가는 길>에서 가족은 과거나 타향이 아닌 현실 속에 배치되어 있다. 그러나 실제 혈육으로 이루어진 가족이 아닌 이른바 '가상 혈족'이라고 명명해 볼 수 있는 가족 모티프를 구성한다. 이는 전통적 가족주의의 부재에 대한 대안적 모델이라고 할 수 있다. 가상 혈족

이란 피 대신 토포필리아의 감수성을 공유한 관계다. 즉 개인의 모든 가치관과 정체성 및 정서를 진심으로 교감할 때 서로가 서로의 장소로 전유되어 토포필리아를 불러온다. 이는 <해마가 사막을 건너려면>에서 화자 장경수에게 아버지와 고향이 등가형태로 남는 데에서도 한 징후를 읽을 수 있다. 즉, 고향과 아버지가 드러낸 자아의 세계화 혹은 세계의 자아화는 타인끼리 토포필리아의 관계 맺기를 반증한다.

그러나 토포필리아의 가상 혈족은 이상향으로 남을 수밖에 없다. 천민자본주의의 차가운 생산 논리와 잡아먹고 잡아먹히고 쫓기고 쫓는 정글 같은 엄혹한 현실 이념이 진정한 소통과 사랑의 가능성을 수시로 붕괴시키기 때문이다. 김혜주의 소설에서 '건물 붕괴'의 현상이 반복되어 모티프를 형성하는 이유가 이것이다.

이러한 붕괴와 재난의 이미지는 우리 사회의 미덕과 선한 영향력이 계속해서 약화되어 가고 있다는 현실 인식을 내보인다. 그리고 이 해체 양상은 동심원을 그리며 층위 별로 일어난다. 빌라나 상가 등으로 세계 혹은 사회의 붕괴를, 가족이나 공동체로 전통적 가치의 균열을, 생존과 양심 사이에서 갈등하는 선한 사람들로 자아 내지는, 모럴의 전복을 발견할 수 있다. 김혜주의 페르소나들은 무너지는 것 혹은 흩어져가는 것들의 파편 사이 사이로 미로를 헤매듯 떠돌고 있다. 온갖 무법과

무질서, 폭력, 불신, 고독, 배신 등에 떠밀린 세상의 파편으로 본연의 날개를 깁고 비상을 꿈꾼다. 작가는 그 날개의 완성 직전 타이밍을 통해 정신적 고향을 찾는 긴 여로의 도중을 드넓게 펼치고 있다.

작가의 말

소설이 아니었으면, 나는 적당히 타협하고 편리하게 잊고 지낸 시간을 기억 속에서 불러낼 생각이나 했을까. 쓰고 싶은 이야기가 머릿속에 떠오를 때마다 차분히 눈을 감는다. 어둠 속에서도 빛을 볼 수 있는 희한한 상상이 펼쳐질 때까지 나는 기다린다.

눈을 감는다는 것은 결코 쉬운 일이 아니다. 자꾸만 비집고 들어오는 잡념들로 눈꺼풀은 떨리고 표정은 흔들린다. 눈 감는 일이 스스로 침잠하는 것임을 안 것은, 그런 시간이 한참이나 흐른 다음이다.

멀리 불빛에 어른거리는 한강의 물결은 늘 그랬듯이 여전하다. 늦은 감이 있지만, 천천히 서두르고 싶다. 소설집을 묶으려 하니 쑥스러움이 앞서 두 눈을 질끈 감는다. 펭귄 한 마리가 강물 위를 뒤뚱대며 걸어가는가? 그럼, 그렇지! 날개를 활짝 펴고 하늘을 날지 않은가. 아무도 올려다보지 않는 빈 하늘에 호르르! 강물에 안긴 달이 바람에 들썩이는 밤이다.

일곱 편의 소설 중 몇 편은 이천 <부악문원>에서 쓴 작품이다. 그곳에서 글을 짓고 만지작거렸으니 이 책의 3분의 1은 빚진 셈이다. 표4를 써 주신 소설가 이원규 선생님과 기꺼운 마음으로 해설을 써 주신 문학평론가 김선주 선생께 감사를 전한다. 멋진 표지와 편집을 도맡은 정영재 군에게도 고마움을 보낸다. 아울러 첫 책의 독자가 되어주실 분들께 오래오래 내 소설을 읽어주셨으면 좋겠다는 부탁의 말씀을 드린다. 솔직하게 쓰다 보니 장황하고 수다스럽다. 이야기 짓고 문장을 만지며 늙어간다면 기쁜 일이다. 그게 욕심일지라도.

2024년 가을

김혜주

수록작품 발표지면

케이지 … 『 문학과의식 』 2022년 봄호 신인상 수상작

제자리 뛰기 … 『 불교문예 』 2024년 여름호

하와이 펭귄 … 『 불교문예 』 2022년 가을호

해마가 사막을 건너려면 … 『 시와문화 』 2024년 여름호

제일상가 사람들 … 『 문학과의식 』 2024년 여름호

먼지 폭풍 … 『 한국소설 』 2024년 6월호

명파리 가는 길 … 『 여성문학 』 2024년 하반기 3호

김혜주

동국대예술대학원 졸업. 2007년 《매일신문》·《경남신문》 신춘문예 수필부문으로 당선되었다. 2022년 계간 《문학과의식》 소설부문 신인상으로 등단했다.

김혜주 소설집
하와이 펭귄

초판 1쇄 발행 2024년 10월 28일

지은이 김혜주
펴낸이 김혜주
펴낸곳 **다다다출판사**
편집 정영재
디자인 정영재
등록번호 제 2024-000064 호
주소 서울시 영등포구 여의대방로 379 제일빌딩 1001-1호 (여의도동)
전화 02-395-4396
팩스 02-2179-8286
전자우편 dadada-book@naver.com

ISBN 979-11-979799-4-1